TAKE
SHOBO

有能な軍人皇弟は
カタブツ令嬢を甘く溺愛する

ちろりん

Illustration
DUO BRAND.

蜜猫
MitsuNeko

contents

イラスト／DUO　BRAND.

有能な軍人皇弟はカタブツ令嬢を甘く溺愛する

序章

「……うそぉ」

軍靴に黒い軍服、そして漆黒の髪。その黒づくめの格好の中で、燦然《さんぜん》と輝く金色の瞳。

馬車から出てきた彼を見たとき、ゾーイは思わず呟《つぶや》いていた。そして全身に一気に血が巡っていくのを感じ、驚きと喜びで顔を赤く染め上げる。

だがそれは一瞬のことで、彼との別れ際のできごとを思い出し、茫然自失《ぼうぜんじしつ》になってただその場に立ち尽くした。サーっと血の気がつま先まで引いていく。

「ゾーイさん、出番ですよ～？　……ゾーイさん？　どうされました？」

横からこそっと耳打ちしてきた、付き人のセイディーンの声にハッとする。

だが、足が鉛のように重くて動かせなかった。

いや、動かしたくなかったと言った方が正しいだろう。ここに存在していることを悟られないようにと息を浅くして、唇を噛《か》み締《し》める。

「あ～！　ほら！　ご挨拶が始まっちゃいます！」

「……ちょっ！」

固まるゾーイに気付かず、セイディーンは慌てて送り出すように背中を押す。グイグイと強い力で押し出されて、否《いや》が応《おう》でも前に出てしまった。たたらを踏みながら大使の横までやってくると、ゾーイの目の前に軍靴が見えて思わず悲鳴を上げそうになる。

顔を上げられない。あまりにも気まずくて、久しぶりに会う彼にどんな顔を向けたらいいのか分からなかった。

――一番あり得ない人がやってきた。

ただ、通訳という大役を頭からすっ飛ばして、ゾーイののっぴきならない事情だけで口を開かず俯《うつむ》き続ける。当然周りの人間は、仕事をしないゾーイにざわめき始めた。

頭の中が真っ白だ。何をどうすればいいのか、自分は何をすべきなのかも分からなくなってしまって、冷や汗をかき続けた。

「――相変わらずお前はマイペースだな」

低く流暢《りゅうちょう》なロコルレイト語が、ゾーイの耳をくすぐる。

懐かしい声だ。昔毎日のように聞いていた、ゾーイに呆《あき》れかえっているけど、でもしょうがないと笑って許してくれる優しい声。

気まずいけれど、でも懐かしさに嬉《うれ》しくなって思わず仰ぎ見ると、金色の瞳とかち合う。ゾーイの心臓が鷲掴《わしづか》みにされたように締め付けられ、足元から崩れ落ちそうな感覚に陥った。

──あぁ、彼だ。

怒って嫌悪の視線を向けられると思っていたのに、まだ優しい目でゾーイを見てくれるだなんて。目の前の現実が信じられない。

『その申し出を受け入れるのは合理的ではないと思う。貴方《あなた》と私が恋人になっても苦労するだけだし、将来的な展望はないいんじゃない？』

そう言って彼の元から去ったあの日に、すべてが終わったと覚悟していたのに。

それなのに、ヴァルゼスはまたゾーイの目の前に立って、その目で見つめてくる。

この心は、呆れるほどに喜びに満《み》ち溢《あふ》れていた。

第一章　皇弟大佐と通訳

けたたましいほどの音を立てて風が吹き、カタカタ、カタカタと窓枠が揺れている。

外は雪。しかも窓から望む景色が真っ白に染まってしまうのほどの吹雪だ。

今日は特に荒れ模様のようで、凍れるほどの寒さを凌《しの》ぐために家中の暖炉には薪《まき》を多くくべられて、温かな炎が家人の身体を寒さから守っていた。

ところがここエスカフロリア邸には暖炉はあるものの、それが一切使われない部屋が一室。

家の一番奥、居室かと思われるその部屋は、扉を開ければ本の山で埋め尽くされている。

本棚に入りきらずに床の上に積み重なっている本は、今にも雪崩が起きそうなほどに高くそびえ立ち、部屋中を占拠していた。

家の中にも関わらず外套《がいとう》を着て毛皮の帽子を被り、手袋をして、懐には懐炉《かいろ》を忍ばせて寒さを凌ぐ。本の山の真ん中に置かれた古びた紫檀《したん》の机の前に座り、ひたすら文字を追いページを捲《めく》る。

それがゾーイ・エスカフロリアのこの部屋での過ごし方だった。

「……何？　この悲惨なほどお粗末な報告書は……」

眉間に皺《しわ》を寄せながら、不愉快さを滲《にじ》ませて呟いた。不愉快どころの話じゃない。これはもう怒りに近い。研究の第一人者が、大切な報告書をこんなにも煩雑なもので済ませるだなんて。研究者たちへの、そしてロスト・ルーシャへの冒瀆《ぼうとく》である。

「図説のスケールもない、遺構の出土場所の記号と出土品の図説の記号が一致していない。誤字脱字も多いし、そもそも時代考証自体疑問を感じるわ……。よくもこんなものを堂々と報告書として出せたものよ」

深い深い落胆の溜息《ためいき》を吐いてゾーイは机に臥《ふ》せった。

ゾーイは考古学者だ。今から二千年前にチェシット・ユールを中心に栄えた文明、『ロスト・ルーシャ』を研究している、数少ない学者でもある。ここガドナ国で言えばたった二人しかいないロスト・ルーシャの探究者の一人だ。

研究の中枢はバロガロス帝国の研究所で、遺跡の発掘などはそこがほぼ担っている。他国に身を置くゾーイは、ガドナ国の南端にあるたった一つの遺跡を発掘調査し、学会が出す報告書と照らし合わせて論文を書くことが主な仕事だ。

さらに言えばガドナ国は冬国で、一年の半分以上は雪に覆われているために、発掘調査も夏のほんの短い時期しかできない。たった一つの遺跡もほぼ調査されつくし、ガドナ国でできることなどほぼない状況なのに、大元の報告書が杜撰《ずさん》では自分の研究もままならないだろう。

今ある状況を嘆くつもりは毛頭ないが、それでも歯がゆさやもどかしさに悶絶《もんぜつ》してしまう。

「――ゾーイ？　起きているかい？　起きていると思うけれど」

「起きてる～」

扉の向こうから聞こえてきた父の声に間延びした声で答えると、ゾーイは立ち上がり扉を開けた。

「おはよう、ゾーイ。そろそろその巣穴から出てきて、朝ご飯を食べよう」

朝ご飯、という言葉を聞いて、口より先に腹の虫が返事をする。そのタイミングの良さに父は破顔すると、『今日はザクスカとスープだよ』と言ってキッチンへと消えていった。

先ほどまで鬱々としていた気持ちが浮上してきて、足取り軽くキッチンへと赴く。やはりゾーイの予想通りのものがダイニングテーブルに並べられていて、ご機嫌に微笑《ほほえ》んだ。

二人分のカトラリーを出して紅茶を出したところで父も席に着き、朝食にありつく。昨晩懐に忍ばせた懐炉はもう朝には役割を終えて身体も冷え込んでいたので、紅茶やスープの温かさが臓腑《ぞうふ》に滲《し》み込む。ザクスカも優しい味で、徹夜で弱っている胃にはちょうど良かった。

「今日はお昼まで寝ているのかい？」

「うん。徹夜したからね。午後からは職探しに出ようかなって思ってる。今年は二つ掛け持ちでやろうと思ってるから、なるべく早く動いた方がいいし」

『学者』と言えば聞こえがいいが、実際は国の所属や支援者がいない限りそれだけでは食《く》い扶《ぶ》持《ち》は稼げない。特にゾーイの場合はガドナ国自体がロスト・ルーシャの研究には消極的なので、自力で資金を調達するしかなかった。

夏に発掘調査に出るためにはこの冬の間に稼ぐしかない。

それに今年は、いつもより多く稼がなければならない。来春からこの家を出て一人暮らしをする予定で、その引っ越し費用も用意する必要があるのだ。

「別に無理にこの家を出て行く必要はないんだよ？　別に僕たちは一緒に住んでも……」

「そんな新婚の家に住むなんて野暮《やぼ》なことはしたくないよ。私ももういい歳《とし》だし、そろそろ独り立ちも必要かなって思っていた頃だったし」

「けどね、僕はお金の心配だけじゃなくて……その、ゾーイの生活力というか……食生活というか……衣食住に無頓着なところをだね……」

それを言われてしまうとゾーイは何も反論できない。実際、一度研究に没頭してしまえば寝食を忘れてしまうし、片付けも上手ではない。はっきり言えばズボラではあるし、その点においての心配はきっと父以上に尽きないだろう。

けれども、父にようやく春がやってきたのだ。その邪魔だけは何をおいてもしたくはなかった。

ゾーイを産んだ母は産後のひだちが悪く、ほどなくして命を落とした。それから男手一つで育ててくれた父はずっと恋人も作らずにいたが、三年前のゾーイの留学をきっかけに自分の幸せを考え始め、ようやく恋人ができた。

それがエリスという父よりも十も若いが朗らかな女性だ。来年の春に結婚しこの家で暮らし始めるので、それに合わせてゾーイは家を出る予定にしていた。

「何とかなるよ。というか、何とかしなきゃいけないことだから。だからやるしかないの！　そんなに心配しないでよ」

「心配するよ。それが親ってもんさ……」

しんみりとした声で言われてしまうと切なくなってしまう。

ゾーイは世間的に見れば自慢できる娘ではないだろう。

女だてらに学に勤《いそ》しみ、年頃の女性ならばできて当たり前の家事も得意ではない。子どもの頃からロスト・ルーシャに傾倒しそれしか眼中になく、生活の中心は研究と発掘だ。

結婚の気配もなく、話す男性は考古学会の人間ばかり。しかも男社会に乗り込んだ生意気な女は、邪険にされ爪弾《つまはじ》きにされて恋愛どころの話ではない。

父は明確な言葉を口にはしないが、娘の将来を憂いているのは間違いないだろう。

「大丈夫よ、お父さん。頭の冴《さ》えがなくなったら適当に食べ物を口に突っ込むし、水分さえ取っていれば案外生きていられるものだから」

「君のそういうところが心配なんだって……」

父は呆れたような声を上げる。割とゾーイは本気で言っているのだが、それが父の不安を煽《あお》るのであれば、何とか体裁だけでも整えなければ。

まずは金だ。食べるにも何をするにも職を得て金を稼がねば。

心配の尽きない父を安心させるためにと、ゾーイは今日こそ職を探してこようと意気込んでいた。

コンコンコン。扉が三回ノックされて、来客が来たことを知らされる。

こんな視界不明瞭な吹雪の中、いったい誰が訪ねてきたのだろうと父と目を合わせる。

少し不気味に思ったゾーイは、玄関を開けようと立ち上がった父の後ろについて行く。もしも物取りだったら、父と一緒に追い出さなければと、手近にあった灰取りスコップを手に取り握り締めた。

ところが扉の向こうにいたのは、城からやって来たと言う使者だった。

「銀色の髪、灰色の瞳、そして眼鏡の二十歳の女性。——貴女《あなた》がゾーイ・エスカフロリア殿ですね？　城から召喚状《しょうかんじょう》が出ております。早急に支度をして我々と一緒に来てください」

しかも、とんでもないものを目の前に差し出しながら。

「――通訳、ですか？」

突然連れてこられた城に、コソコソと隠れるように裏門から入らされて、人目を忍ぶように部屋の中に入った。

そこでゾーイを待っていたのは、この国の国王補佐であるアンドレイ・バスール・スクルージと、外務大臣であるゴルジェイ・トリニクスだった。

国の重鎮を目の前に座らされたゾーイは大いに緊張していたが、『頼みたいことがあり呼び出した』と切り出され、その内容を聞いた瞬間に驚きの声を上げた。

まさかこの自分に通訳をしてほしいなど、まるで畑違いのことを頼み込んでくるなど思いもしない。

だが、今回ゾーイを通訳に指名したのにはのっぴきならない理由があるらしい。

「これは極秘裏の話なのだが、今度バロガロス帝国と軍事協定を結ぶ運びとなった。近年のアズ＝ガースの台頭と、ガドナの自衛の脆弱《ぜいじゃく》さを鑑《かんが》みての判断だ」

バロガロス帝国はガドナ国の南にある軍事大国だ。ロスト・ルーシャ文明を有していたチェシット・ユールが滅んだ後に建てられた、この大陸では比較的古くからある。

皇帝を元帥とする軍事国で、近年では大陸一の強国となった。

対してアズ＝ガースは新興国で、いくつかの小国が集まってできた連合国だ。血気盛んな国で、勢力を拡大するために周辺国に侵攻しようと目論《もくろ》んでいるという噂《うわさ》が絶えない。彼の国の西側に位置するガドナ国も狙われている。

ガドナ国の国境は山に囲まれていて他国との交流も少なく、そのため建国以来他国から蹂躙《じゅうりん》されることもなく過ごしてきた平穏な国だ。自衛は山の厳しさと戦慣れしていない兵士たちで、武器もおよそ時代から取り残されているものを使っていた。

ところが今、アズ＝ガースの脅威に晒《さら》されている。万が一侵攻された場合、迎え撃つ有効な手段も持たないガドナ国は、今回バロガロス帝国と手を結び守ってもらう手筈《てはず》を整えるようだ。こちらの対価は鉱物資源と水産資源といったところか。

最近の情勢を考えれば、今回の軍事協定は妥当だとゾーイも頷《うなず》いた。

「それで明後日、協定を結ぶためにバロガロス帝国から大使がやってくる。エスカフロリア君には大使の通訳をお願いしたいのだ」

ゾーイは三年前に本場のロスト・ルーシャ研究を学ぶために、バロガロス帝国に留学していた。その経験を買われての抜擢《ばってき》なのだろう。

だとしても疑問は残る。城の中にも、バロガロス帝国の共通言語であるロコルレイト語を話せる人間はいるはずだ。

そもそもこちら側がバロガロス側の通訳を用意するのもおかしな話で、双方向で同時に通訳すれば話も円滑に進むのにと、首を捻《ひね》った。

「何故《なぜ》私に？　たしかに私はロコルレイト語を話せますが、政治的な問題が絡むのであれば私より適役な人間がいると思います。私は一介の研究者でしかありませんから」

研究者としても新米で、論文を出しても鼻で笑われる程度でしかないゾーイを、何故そんな大役を与えようとするのか。

どうしても自分で解消できない疑問をアンドレイにぶつけた。すると、アンドレイとトリニクスは顔を見合わせて困ったように眉を下げて、戸惑いを孕《はら》んだ声で説明をしてくる。

「あちらの指名なのだよ。君がいいと。むしろ君以外の通訳は必要ないとまで言われたくらいだ」

「私をわざわざ指名してきたのですか？　じゃあ、知り合いでしょうか……。あの、差し支えなければ大使の名前をお伺いしてもいいですか？」

「いや、実は我々には知らされていない。バロガロス側は念には念を入れておきたいらしい。

事前にアズ＝ガースに情報が洩《も》れて、何か不測の事態があっては困るのだろう。あくまで極秘裏に。私たちも皇帝陛下の親書を持った人間が、大使だとしか分からないくらいだ」

名前も分からない大使。けれどもあちら側はゾーイを知っている。それだけの情報で頭の中で謎の大使の正体を探った。

バロガロスに留学していた二年間で知り合った人間は何人かいる。

その面々を思い浮かべるとき、一番最初に思い浮かぶ彼の顔。

(――彼のはずがない)

一番大使になり得る人物だが、それと同時に一番ゾーイを指名してくるはずのない人物でもあった。彼ならそんな非合理的なことはしないだろうし、何より彼の兄が許さないだろう。

結局大使の正体は分からないままゾーイは選択を迫られた。

しかもかなり鬼気迫った様子で。

「君が通訳を引き受けてくれないと、我が国はどうなるか分からない。あちらが指名した人物を揃《そろ》えられない力のない国と思われたら、今回の協定は話し合う前に破棄されてしまう可能性だってある。本来なら無理強いはしたくはないが、ガドナの国民ならば、この国を思うならば君はこの使命を引き受けまっとうする立場にあると思うが……どうだろう?」

結局は、このアンドレイの拒絶は許されないと言わんばかりの説得と、報酬につられて頷いてしまった。

今回は前金として半分、もう半分は成功報酬として払いますと言われたのだ。

提示された金額は、来年どころか三年ほど働かなくても十分に発掘費用を賄えるもので、これを断らない手はなかった。

「精一杯務めさせていただきます！」

これは割の良過ぎる仕事にありつけた。

喜んで家に帰ったゾーイは、明日から城に泊まり込みで仕事に就くことになると、荷物をまとめ始めた。

父には、城から割のいい仕事を貰《もら》ったから、住み込みで働いて資金を稼いでくるとだけ伝えている。通訳のことや大使がやってくるのは、公には秘密だから誰にも言わないようにと念を押されていたからだ。

身の回りの生活用品は城で用意してくれるそうなので、持って行くのは衣服と本だ。衣服はすぐに決まるとして、本は何を持ち込むか頭を悩ませる。

ようやく眠りについたのが夜中で、起きたときには寝不足状態だった。

次の日、迎えにやって来た馬車に荷物をどうにか詰め込み、父に元気よく『行ってきます！』と挨拶をして出発する。

昨日と同じく裏門に入っていった馬車だが、ひとつ昨日とは違うことがあった。出迎えの人間が一人立っていたのだ。

「初めまして、エスカフロリアさん。貴女の付き人を務めさせていただきます外務担当のセイディーン・エクトゥです。よろしくお願いします」

深々と頭を下げて挨拶をしてくれた好青年は、馬車から降りてくるゾーイに手を差し伸べてくれた。貴婦人にするような扱いを受けて畏れ多いと思いながらも手を委ね、ゆっくりと彼の目の前に降り立つ。

セイディーンはゾーイの少し年上だろうか。ダークブルーの髪の毛に茶色の柔和な瞳で、第一印象としては人当たりのいい優しそうな人だった。両耳の大振りなピアスが目を惹《ひ》く。

「はじめまして、ゾーイ・エスカフロリアです。よろしくお願いします」

裏口から城内部に入って、まずはこれからゾーイが住む部屋に行くと案内された。馬車いっぱいの荷物は後で他の人が運んでくれるそうで、貴重品だけ持って彼について行く。

その道すがら、セイディーンは『付き人』と言っていたが、具体的に何をする人なのかと聞いてみた。

「ゾーイさんは城のことはまったく知らないでしょうからそのご案内と、あとは重鎮たちの顔と名前、役職なども僕が貴女に教える手筈になっています。もちろん、政治的なこともね。何でも頼ってください。仕事から生活面まであらゆることを。遠慮は無用です。ここにいる間は大いに僕を活用してくださいね～」

ウインクをされてゾーイは少し戸惑ったが、やはり第一印象通りの人のようだ。この人当たりの良さが、今回付き人に選ばれた要因でもあるのだろう。

「こちらがゾーイさんの部屋になります。この広さならあの量の荷物も楽々入りそうですね」

一通り荷物の搬入が終わった後、仕事に関する打ち合わせをセイディーンとした。

主に今回協定締結に関わるメンバーの名前と役職を事前に教えてくれたのだ。実際に会ったときに名前を聞いたらすぐに役職と、その仕事内容を思い出せるようにしておいた方が仕事が円滑に進むだろうとのセイディーンの配慮だ。一覧表を作ってくれてもいた。

あとは締結までの一連の流れと日程を簡潔に説明されて、詳細は資料に目を通しておくようにと渡された。彼は相手に分かりやすいように資料をこまめに用意してくれる、丁寧な性格のようだ。質問にも的確に答えてくれて、なるほど、とても仕事のしやすい相手だと内心感心していた。

「さて、今日はこの程度にしておいて明日に備えましょう。美味《おい》しいご飯をたくさん食べて、お風呂で身体を温めて、ゆっくり寝てくださいね～」

それとできるだけ渡した資料を明日までに頭の中に叩《たた》きこんでくださいと、にこやかに無茶《むちゃ》を振って去っていこうとした。

ところが、セイディーンが『あ！　そうだ！』と思い返したかのようにこちらを振り返る。

「明日はそちらのトルソーにかかっているドレスを着てくださいね。さすがに大使の前でその格好は……ちょっと……ねぇ？」

そう困ったように言われたゾーイは、後ろを振り返りトルソーを見やる。

この本で埋もれてしまった部屋の中で異彩を放つそれを、意識的に視界から外していたが、やはりこれは自分が着るのかと身体が竦《すく》み上がる。

平民でこんな高価なドレスを着たこともなく、平素でもワンピースの下にズボンを穿《は》いてしまうほどに、女性らしい恰好《かっこう》に縁のない自分が、本当に着こなせるかと不安になった。

「あ、あの……私、ど、ドレスなんか、着たことなくて……ど、どうすれば……」

「大丈夫ですよ～。明日の朝メイドがやってきて、着付けを手伝ってくれますから。ゾーイさんはただ立って着せ替え人形になっていればいいんです～。心配ありません」

すでに配慮はされていたようで、ホッと胸を撫《な》で下ろした。

たしかにセイディーンの言う通り、賓客の前でこのみすぼらしい恰好は障りがあるだろう。

しかし、自分がこのドレスを着るのかと思うと緊張する。本当に似合うかすら分からない。

一応父に少しは女性らしくと言われて髪だけは伸ばしてはいるが、それもいつもは邪魔にならないように結っているし、化粧も何もしたことはない。

果たして見られるものに仕上がるのかと、一抹の不安と緊張を抱きながら次の日を迎えたが、それは杞憂《きゆう》に終わった。

その手のことに慣れているメイドはあっという間にゾーイの身体をコルセットで締め上げ、ドレスを着せて髪を結い上げ、薄く化粧までしてくれたのだ。

鏡を見たときの驚きは言葉に言い表せない。自分でも違和感なくドレスを纏《まと》えるように仕上げてくれたその手腕に、ただただ感激し、そしてお礼を言い尽くした。

その上から、ガドナの役人が着る官服を羽織る。一応外務省の臨時職員という位置にいるので、薄紫色のジャケットをセイディーンから渡されたのだ。


さぁ、これで仕事の準備は万端。役目を果たすぞ！

そう意気込んで大使を迎えたゾーイは今、窮地に立たされていた。

誰が大使として来るかは誰も知らなかったとはいえ、まさか彼がやって来るなど夢にも思わない。青天《せいてん》の霹靂《へきれき》と言ってもいいだろう。

「我が国へようこそ、大使殿。私はガドナ国国王キリアン・アラム・スクルージです。どうぞよろしくお願いします」

固まるゾーイをよそに、小さな身体が一歩前に出てヴァルゼスに向かって手を差し伸べる。自ら国王だと名乗ったキリアンは、たしか御年十一歳だったはずだ。

小さな王は、歳だけではなく、その容姿もおよそ君主という地位に見合わないほどに幼い。父である前王と皇太子だった兄殿下が次々に流行病に倒れ、急遽戴冠《きゅうきょ》されたのが彼だった。

当時はあまりにも王としては幼過ぎると反対の声が上がり、アンドレイを王にすべきだとの議論も起こったが、結局はアンドレイがキリアンの補佐として就くことで決着をしたのだと聞き及んでいる。

バロガロス帝国に留学中のできごとだったためにあまり詳しくはないのだが、それでも遠い異国にまで王家のお家騒動は耳に届いていた。

金糸の髪の毛に、キリリと吊《つ》り上《あ》がって真《ま》っ直《す》ぐヴァルゼスを見つめる青い瞳。少したどたどしいが立派にその役目をこなしていた。

ガドナ国側の通訳が、キリアンの言葉をロコルレイト語に換えてヴァルゼスに伝える。すると彼も笑みを浮かべて挨拶を返した。

「バロガロス帝国軍大佐ヴァルゼス・ウェイズ・バロガロスです。陛下御自らのお出迎え、恐縮です。よき話し合いができるのを楽しみにしております」

(――『バロガロス』を名乗ってる……)

あんなに嫌がっていた名を名乗る意味を知っているゾーイは、久しぶりに会った彼の心境の変化にさらに動揺した。

だが、何とか持ち直した彼女は、ヴァルゼスの言葉をガドナ語に換えて話す。緊張のあまり声が震えて掠《かす》れそうになっているが、何度か深く息を吸い込みやり過ごした。

己を叱咤《しった》して平静な顔を取り繕う。今にも逃げ出したかったが、それを許されるような状況ではないとゾーイも分かっていた。

「『バロガロス』ということは、まさか皇帝の弟君? まさか皇弟殿下がお越しになるとは、驚きました。一昨日まで天気が崩れて大変だったでしょう? 道中不便はありませんでしたか?」

「我々は暑さにも寒さにも耐えられるように、日々鍛錬しております。吹雪の中の道も訓練と思えば何てことありませんよ」

ヴァルゼスは事もなげにそう言ってみせる。さすが軍人といったところか。

いついかなる時でも動けるように休んでいても鍛錬だけは欠かさないと言っていたのを思い出して、ゾーイはそわりと心を震わせた。

追憶は毒だというのに彼の一言一言に思い出が掘り返されて苦しい。

そんな中、キリアンはガドナ国側の今回協定締結に立ち会うメンバーを一人ずつ紹介していった。

「こちらはエイデン・サロメ・スクルージ。私の補佐のアンドレイの子息で、私の従兄に当たります」

次々にキリアンが紹介していく言葉を聞きながら、昨日セイディーンに渡された資料と顔を照らし合わせる。

名前と役職はしっかりと頭に入っていたので、頭の中で行っていた答え合わせは全問正解だったが、ただ一人エイデンは資料にはなかった。役職の紹介も特になかったので、一応王族という立場でここにいるだけなのだろうか。

それとも別の理由で……？　と邪推してしまうのはゾーイの悪い癖だろう。

ただ気になるのは、エイデンの態度が、およそ賓客を出迎えているとは思えないほどに悪いことだ。ヴァルゼスにお辞儀もしない。

それを側にいる父親のアンドレイが窘《たしな》めもしないのは、親の甘さというやつだろうか。我が子が目に入れてもいたくないのは貴賤《きせん》は関係ないのかと、ゾーイは複雑な気持ちになった。

最後にゾーイもヴァルゼスに挨拶をして、顔見知りであるが公式の場なので自己紹介をする。

すると、彼は目の前に手を差し出し握手を求めてきた。ゾーイはそれにウっと息を呑《の》みながら恐る恐る応える。

「久しぶりだな、ゾーイ。元気そうだ」

「……はい。ヴァルゼス……殿下も息災で何よりです」

ヴァルゼスは『おや？』という顔で片眉を上げる。きっとゾーイが自分に丁寧な言葉を使っているのを、わざと茶化《ちゃか》したのだろう。嫌でもそれに気づいて軽く睨《にら》み付ける。

こんな公式な場で気安くできるほど、図太い神経は持ち合わせてはいない。昔のように『ゾーイとヴァルゼス』ではいられないのだ。

早々に挨拶を終わらせようと手を離そうとする。だが、ヴァルゼスはそうはさせまいと手に力を込めてきて、ゾーイにだけ聞こえるように囁《ささや》いてきた。

「誰かさんが俺に黙って帰国するものだから、少々気落ちはしていたが……問題ない。それに、きっちりとその借りは返してもらうつもりだからな」

こっそりと告げられる宣戦布告。最後の笑い交じりの声がことさら怖くて、ゾーイは息を呑んだ。そして認識の甘さを知る。

（……怒ってる）

しかも相当だ。ゾーイの想像を超えるほどに。

『借りを返す』とはいったい何をするつもりなのか。

相手は皇弟である上に大佐でもある人間だ。どんなことでもやってのけそうであるがゆえに、まったく想像もつかずに青褪《さ》める。

目の前の圧力のある笑顔に顔を引きつらせながら、ゾーイは安易にこの仕事を引き受けた己の浅慮を恨んだ。

最後にバロガロス帝国側の人間も紹介してくれたのだが、ヴァルゼスと同じ馬車に乗っていた男性はヒューゴ・ベルツ少佐だ。

ヴァルゼスの副官らしく、なるほど、どうりで見た顔だと頷いた。留学中、直接話をしたことはなかったが、ヴァルゼスと一緒にいるときに何度か彼を訪ねてやってきていたのを思い出す。

もう一台の馬車に乗っていた四人はヴァルゼスの直属の部下で、知にも武にも優れた人たちを連れてきたらしい。

「いずれも私の背中と命を預けられる、優秀な者たちですよ」

そうキリアンに向けて微笑むヴァルゼスの言葉を通訳し、そして彼の後姿を窺《うかが》い見た。

あの頃は誰に対しても疑心暗鬼で、背中を任せるどころか他人に背中を見せるのも嫌がっていたのに。まるで人が変わったかのような言葉に驚きながらも、また感慨深くなった。

離れていた一年の間に、ヴァルゼスは成長したのだ。

あの頃の彼とはもう違うのだろう。

そう思うと侘《わび》しさを覚えるが、けれどもヴァルゼス自身が幸せに向かって歩んでいるのだと思うと安心した。きっとゾーイが願うまでもなく着実にバロガロスでの地位を固め、信頼を得ている。彼がほしいと思っていた強さをその手に掴《つか》んだのだ。

その証拠に、『バロガロス』の姓を名乗っている。

もしも彼の中に燻《くすぶ》っているゾーイへの怒りを今回清算することでさらに前に進めるのだと言うならば、それはそれで喜ばしいのかもしれない。

ゾーイの存在も彼にとっては『汚点』となっている可能性だってあるのだ。ここは甘んじて怒りを引き受けよう。そう腹を括《くく》ってしまった方がいくらか気分も楽だ。

ようやく前向きに思考を切り替えられたゾーイは、冷静を取り戻し仕事に専念し始めた。

ヴァルゼスもあの揺さぶり以外に特に何も言ってくる気配もなく、キリアンたちと和やかに会話を楽しんでいる。

昼食を取った後にトリニクスが城を案内し、軽く打ち合わせをして、夜には晩餐会《ばんさんかい》の予定だ。

もちろんその間、ゾーイはヴァルゼスとはつかず離れず側にいる。

ときおり思い出したかのようにゾーイを見下ろし目を細めるが、何を言うわけでもない。ただそこにゾーイがいるのを確認しているようにも思えた。

そんなゾーイの居心地の悪さをよそに、打ち合わせは恙《つつが》なく終了して晩餐会の時間となった。トリニクス曰《いわ》く、ガドナの郷土料理をたくさん用意しているらしい。

「口に合えばいいのですが」

そう配慮を見せながら会場に案内するトリニクスについて行く。会場である『白壇《びゃくだん》の間』はその名の通り一面真っ白で、他の部屋同様壁や床、天井は言わずもがな、料理が並ぶ名がテーブルや椅子、テーブルクロスまでもが白一色だった。

ガドナ国にとっては『白』と『黒』は高貴な色で、この城の象徴と言ってもいい。この白檀の間でヴァルゼスたちをもてなすことで、最大限の敬意を示しているのだろう。

部屋の真ん中に置かれた長テーブルの左右にヴァルゼスとキリアンが座り、各国別れて重鎮たちが席に座る。

ガドナ側はアンドレイにトリニクスも含めた各大臣と、エイデンが着席しているのに対して、バロガロス側はヴァルゼスを含めて六人しかいないので少し寂しいものだが、その威圧感は凄《すご》い。筋骨隆々の軍人が六人も座れば圧巻だ。キリアンも少し怯《おび》えているような気がする。

ゾーイといえば一緒に席に着くわけにもいかないので、豪華《ごうか》絢爛《けんらん》な料理を目の前にお預け状態だ。晩餐会が終われば今日は通訳から解放されて、部屋に用意してある夕食にありつける。

それまでは空腹との戦いだと、妬ましい目で楽しく食事する人々を見た。

「お味はいかがですか？　ヴァルゼス殿下。こちらはバロガロスよりも味付けが濃いかもしれませんが、お口に合いますでしょうか？」

「ええ。とても美味しいですよ。友人からガドナは保存食が多いので、味が濃くなるとは聞いてはいましたが、そこまで濃いわけでもなく、逆にスパイスが美味しさを引き出していますね。以前から口にしてみたいと思っておりましたので今回機会を得られて嬉しく思っております」

ヴァルゼスの言葉をキリアンに伝えると、彼は嬉しそうに微笑む。キリアンのこういう年相応の表情を見ると、ゾーイは何故だか嬉しくなった。

そういえば、以前ヴァルゼスにそんな話をしたなと思い返した。

食べてみたいから作ってくれと言われたが、全力でお断りした。そのときヴァルゼスは目に見えて落ち込んでいた。そんなに食べてみたかったのかと、時を経て今になって知る。

だが、食べさせてあげられない代わりに、ゾーイは家から送られてきたお菓子を彼にあげたのだ。

――そのお菓子はたしか
「お菓子は、よくその友人からいただいて食べていました。チャク・チャークやヒマワリの種、美味しかったですよ」

「ヒマワリの種ですか……？」

キリアンがそんな物を食べるんですか？　と首を傾《かし》げた。

たしかに一国の王であるキリアンには、考えられない食べ物だろう。そんな物をヴァルゼスが口にしたとは、俄《にわ》かに信じがたいと言いたげだ。

言い訳をすれば、もちろん高貴な方に庶民のお菓子を食べさせるなど、畏れ多い行為だと知っている。だが、そのときはゾーイもヴァルゼスが皇弟だとは知らなかったのだ。

彼の正体を知ってからは大丈夫かと肝を冷やしたが、気に入って食べている様子を見ているうちに別にいいかと考えてしまった。

まさかこんなところでゾーイの悪行をバラされるとは思わず、肩身の狭い思いをする。まだゾーイの名前を出さずにいてくれたのは、ありがたかった。

背中に冷や汗を流しながら俯くゾーイを、ヴァルゼスがちらりと横目で見る。その口元には笑みが浮かんでいて、文句の一つでも言いたくなった。

ゾーイが慌てている姿を見て楽しんでいるのだ、彼は。

悔しい思いをしながら口を尖《とが》らせる。するとヴァルゼスは、口を手で覆って笑いを噛《か》み殺《ころ》していた。

食事中の話は多岐に亘り、そのほとんどがキリアンとアンドレイがヴァルゼスに話を振る形で進んでいっていた。他の者たちはその間相槌《あいづち》を打ち、ときには笑い、その場の雰囲気に合わせていた。

けれども場の空気に溶け込めない、いや、溶け込もうとしていない人が一人。

エイデンはつまらなそうに食事をするだけで、口を開こうともしなかった。

「先ほどのトリニクスとの話し合いで、こちらの不備や準備不足の部分はありましたか？　不明な点や不安な点がありましたら遠慮なく言ってくださいね」

だが、話が軍事協定に及んだとき、エイデンがようやく口を開く。

キリアンがヴァルゼスを慮《おもんぱか》った言葉を告げると、不意に鼻で笑う声が聞こえてきたのだ。

一瞬でガドナ側の空気が凍り付き、皆が動きを止める。

「不安って……こんなお子様が相手じゃあ不安しかないよな」

今まで大人しくしていたはずのエイデンが、キリアンを揶揄《やゆ》して笑い飛ばしたのだ。小馬鹿にするように。

それに気まずそうに目を泳がせる者多数。アンドレイは黙して何も言わず、キリアンは僅かに顔を歪《ゆが》ませていた。

「バロガロスも大変だよなぁ。お子様相手にご機嫌取って。頼りのない元首であるのはお詫《わ》びしますよ」

酔っているのだろうか。晩餐会で酒が出てはいるのだが、皆場を弁《わきま》えて控えめに飲んでいるのに、彼だけが求めるがままに飲んでしまったのであれば、とんだ失態だ。

ゾーイの背中にそわりと嫌悪感が伝い落ちる。あまりにも非礼な態度だし、キリアンを馬鹿にしているのは一目瞭然。

目を泳がせるだけだった周りの人間も、どうにか誤魔化《ごまか》そうとし始めた。トリニクスなどエイデンを宥《なだ》めようと話しかけている。その間ずっとキリアンは暗い顔で俯いていた。

エイデンはキリアンを王と認めていない。前王崩御後の継承争いの禍根が残っているのだろうかと、ゾーイは眉を顰《ひそ》めた。いずれにせよ、これから交渉をしようとしている相手国の目の前で、わだかまりがあると見せては障りがあるはずだ。

さすがにエイデンの言葉までは通訳されなかったので、バロガロス側には言葉は届いてはいないが、おそらく雰囲気で察してしまっているだろう。

特にヴァルゼスはこういう空気には敏感だ。不快に思っているかもしれない。

笑顔で何ごともないとアピールするしかないゾーイは、早く収集してくれとガドナ側の動向をハラハラして見守っていた。

ところが、不意に腕を引っ張られて身体をよろけさせる。何ごとかと驚いていると、視界の端、すぐ近くに高貴な黒い髪が見えて、ビクリと肩を震わせた。

ヴァルゼスだ。彼はゾーイを己の方に近づけて、耳元に口を寄せる。

そしてある言葉をゾーイに伝えてきた。これを通訳してガドナ側に伝えろと。

「……え？　本気で言っているの？」

一瞬敬語を忘れてしまうほどに驚き、目を丸くしてヴァルゼスを見返したが、金色の瞳は至って本気で茶化した様子もない。加えて、ダメ押しとばかりに付け加える。

「――言え」

しかも自国のロコルレイト語ではなく、わざわざ皆に分かりやすいようにガドナ語で命令してくるのだ。

有無を言わさぬ圧力に怖気《おじけ》づいたゾーイは、ヒューゴはじめ他のバロガロスの人間に助けの視線を送るもシレっと無視されてしまう。上官の命令は絶対の軍人らしい忠実さだ。

そうこうしているうちに、ゾーイとヴァルゼスのやり取りに気が付いた他の人たちが、次々と注目し始めた。ヴァルゼスが突然ガドナ語で命令しだしたのだ。驚きもするだろう。

何を言われたのかと戦々恐々としている目が、身体中に突き刺さって痛い。その痛みに耐えきれなくなったゾーイは、重い口を開いた。

「――愚かしい人間もいるものだ。国の長たる王を敬い傅《かしず》くならまだしも、頭上から見下ろし唾を吐きかけるなど、我が国では絶対に考えられない蛮行だな。我々はそんな茶番を見るために、わざわざ足を運んだわけではないはずだが？」

　ゾーイの言葉を聞いて、皆の顔に緊張が走った。明らかに怒りが含まれた言葉に、慌てふためく人もいた。かくいう通訳したゾーイも、背中に嫌な汗を掻《か》いている。

　ヴァルゼスに『愚かしい人間』と言われたエイデンはというと、顔を真っ赤にして震えていた。何か言いたげに口をパクパクさせながら前にのめり出たが、トリニクスに止められてしまい、最終的にはアンドレイのひと睨《にら》みで大人しくなった。

　静観していたアンドレイも、ヴァルゼスが反応したことで何もせずにはいられなかったのだろう。

　晩餐会に流れる空気は最悪だ。キリアンも顔面蒼白《そうはく》になって、どうにか取り繕うとしていた。

「……あ、あの……ヴァルゼス殿下……」

「立場もわきまえずに、キャンキャンと鳴く輩《やから》はどの国にもいるものですね、陛下。そういう奴《やつ》らはここぞというときに、思い切り叩《たた》き潰《つぶ》した方がいいですよ。黙っていたらつけあがるだけだ」

　謝罪の言葉をキリアンが言う前に、ヴァルゼスがニコリと笑みを浮かべながら辛辣な言葉を吐いた。

　しかもとても流暢なガドナ語で。

（喋《しゃべ》れるんじゃない！）

ガドナ語が話せないから通訳を望んだのかと思いきや、こんなにもガドナ語を話せたなんて。

驚きの事実に目を剥《む》いたのはゾーイだけではない。その場にいたガドナ国の人間は、皆一様に唖然《あぜん》としていた。

「どうやら話し合う余地はたくさんあるようです。明日からの会談、楽しみにしておりますよ」

ヴァルゼスにプレッシャーをかけられたガドナ側は押し黙るしかなかった。

怒り心頭というわけではないが、風向きはよくない。圧倒的に国力ではバロガロス帝国に劣るガドナ国としては、できるだけ穏便に済ませたいところなのに、出鼻を挫《くじ》かれた感じだ。

そんな重大な失態を犯したにも関わらず、エイデンは憮然《ぶぜん》とした顔でそっぽを向いている。

まさか自分の言葉をヴァルゼスが理解できるなど思いもせず、不可抗力だったのだと言わんばかりだ。

ただキリアンは。

彼だけはいまだその衝撃から抜けきれないような顔をしている。ヴァルゼスを凝視して動かない。

まだ十一歳にはヴァルゼスの毒は早かっただろうか、とゾーイは心配になった。

どちらにせよ、キリアンが妙に大人びた顔をする理由がこれで分かった。身近に子供だからと馬鹿にする人間がいれば、必然的にそれに対処しようとするだろう。

子供じみた言動だと言われないように気を張るはずだ。

きっとヴァルゼスもそれを察してあんなことを言ったに違いない。

彼もまた、あの手の悪意に苦しめられてきた人だったからだ。


「何故、俺の言葉をそのまま伝えなかった」

重苦しい晩餐会も終わり部屋に戻る最中に、ヴァルゼスが肩越しにこちらを振り返り問うてきた。ゾーイは顔を引きつらせて目を泳がせる。

言えるわけがなかった。あんな喧嘩《けんか》を吹っかけるような言葉、あれでも随分と和らげた方だ。

それでもしっかりとヴァルゼスの真意が分かりやすいように、敢《あ》えて辛辣な言葉を混ぜ込んだのは、やはりゾーイもエイデンの言いように、怒りをもったからかもしれない。

「さすがの私でも場の空気は読む……です。ちょっとあの言葉をそのまま伝えるのは、差しさわりがありましたし」

万が一あの言葉を伝えて晩餐会が荒れてしまったら、ヴァルゼスたちが帰った後にゾーイが罰せられてしまうかもしれない。

そのくらい過激な言葉だったのだ。もちろん通訳するにも言い回しは考える。

「別にあの不快なものを退場させられるなら、何だって構わないがな。陛下に代わって叩き潰すには、少しばかり足りなかった」

「十分だと思いますけど？　エイデン様も、あの後一言も話しませんでしたし」

「少し意地悪が過ぎたかな。……お前にも」

ヴァルゼスがニヤリと笑う。やはりゾーイへの仕打ちもわざとだったのだと、口を尖らせて拗《す》ねた。彼と再会してからずっと振り回されているような気がしてならない。

通訳の件だってそうだ。

ガドナ語を話せるのにわざわざ国を通じてゾーイを通訳に指名し、必要もない通訳をさせている。これもゾーイに意趣返しをするのが目的なのだろうか。

「……私、通訳に必要でしたか？　話せますよね？　ガドナ語。聞いて理解するだけじゃなくて話せるってことは、相当じゃないですか？　それなのに、わざわざ通訳をつけたのはどうしてでしょう」

「必要だ。現にあちら側は俺がガドナ語を理解できないと、高を括ってボロを出した」

「不意打ち？　試したの？」

「目に見えるモノだけを信用する性質ではないからな。揺さぶりをかけるのは性分だ。お前も知っているだろう?」

知っているけれども、それでもまさか国相手に揺さぶりをかけるなんて、思ってもみなかったのだ。度胸があると言うべきか、無茶と言うべきか。

「だが実際、喋れるとはいえ簡単なものばかりだ。政治的な小難しい話になれば、円滑に話を進めるのが難しい。だから通訳が一応必要だった」

だったらなおさらゾーイに頼むべきではなかったのではないだろうか。

ゾーイも一応はバロガロスへ留学する前から勉強はして、実際留学中に不便がないほどに話せるようになったが、それでも万能ではない。

それこそ外務省の役人などに任せればよかっただろうにと、ヴァルゼスを見て改めて思う。

「でも何で私を……」

そう弱々しい声で言えば、前を歩く彼は足を止めておもむろに振り返った。ゾーイも思わず足を止めて対峙《たいじ》する。

高身長のヴァルゼスと目を合わせるには、ゾーイでは身長が足りずに随分と見上げる形になってしまう。そのためか、昔から真顔でヴァルゼスに見下ろされると、どうしても緊張してたじろいでしまうのだ。

眼鏡を指で押し上げながら、息を呑んだ。

「……本当に分からないか？」

静かな声でそう問われて、ゾーイはドキリとする。

心当たりがないわけではない。むしろ、絶対に指名してこないと思っていたヴァルゼスが大使だと知って、いろいろ憶測を飛ばした。

その結果、逆にないと思っていた理由が『あり』に転換しうると思い直したのだ。

つまりは、ヴァルゼスがゾーイを通訳に指名した理由。

「……ふ、復讐《ふくしゆう》……とか？」

ゾーイはそう捉えている。

だが、ヴァルゼスはそれを鼻で笑い飛ばし、『酷《ひど》い冗談だな』と言う。

いたって真面目に考えた結果だったが、どうやら違うようだ。これしかないと思っていたので、また頭を悩ませた。

ヴァルゼスの目的が分からない。

彼の顔を見ながら必死に頭を巡らせたが、他の選択肢は出てこなかった。それどころか深い溜息を吐かれてしまい、居た堪《たま》れなくなる。

そんなゾーイを見かねてか、ヴァルゼスは再び前を向き歩き出す。小走りでそれについて行き、トボトボと歩いていると、いつの間にかヴァルゼスに割り当てられた部屋の前に到着していた。

今日の仕事はこれで終わりだ。

彼からはっきりとした答えが得られなかったが、これ以上一緒にいる理由はなかった。

「あの、本日はこれで……」

「聞きたいか？」

「え？」

「俺がお前を通訳に指名した理由。――聞きたいか？」

このまま別れるかと思いきやそう問われて、即頷いた。謎を謎のままにしておくなど、探究者としての好奇心が許してはくれない。

そんなゾーイを迎え入れるかのように、ヴァルゼスは部屋の扉を開けてこちらを見る。

「知りたければ中に入れ。教えてやる。俺が何故お前を選んだのか。……じっくりとな」

ヴァルゼスという男は妙に色気がある。

男性は容姿ではなく大事なのは知性と信念、そして研究成果が重要だと思っていたゾーイが、初対面でその顔の凛々《りり》しさと麗《うるわ》しさに見蕩れたのが、ヴァルゼスだ。

ロスト・ルーシャの遺跡にある『獣を狩る男の像』に見蕩れても、人の造形に魅入られたのは初めてだった。

だから意味深に艶のある声で誘われると、動揺が走ってしまう。バロガロスにいた女性たちが彼を遠巻きに見て嬉しそうにしていた気持ちが、こういうときに分かってしまうのだ。

ヴァルゼスの色気は毒のようだ。今もその毒を無自覚にばらまいて他の女性を中毒にしているのだろう。

「失礼します」

ヴァルゼスに促されるがままに部屋に入る。部下たちはこの場で解散になるらしく、護衛の二人を除き各部屋へと戻っていた。

パタリと扉を閉められて二人きりになる。

ヴァルゼスにソファーに座るように促されて遠慮なく腰を下ろすと、彼は目の前のカウチに座った。

ひじ掛けに頬杖《ほおづえ》を突いたヴァルゼスは、前髪を掻《か》き上げて鷹揚《おうよう》に足を組む。こういう仕草が恐ろしいほどに似合う男だ。

「あの、ヴァルゼス様」

「別に二人きりのときは敬語は必要ないだろう。まぁ、ときどき崩れてはいるけどな。楽に話せ。俺もそうする」

無理して話していたのがバレているのなら、彼の言う通りに気楽にしていた方がいい。ゾーイは肩の力を抜いて、垂れ目で他人から眠そうだと言われる顔を、さらに締まりのないものにした。

「それで？　私を指名した理由は何？」

もう他人の目を気にして取り繕う必要がないので、遠慮なく問い詰めた。回りくどいのは好きではないし望むところではない。

すると、ヴァルゼスはスッと目を細めて口端を上げる。

「お前は覚えているか？　バロガロスでの俺との最後の会話を」

一番触れてほしくない部分を問われて、ゾーイは身体を震わせた。手にしっとりと汗を掻きしきりに眼鏡のズレを直す。

覚えているか？　忘れるはずがない。

あんな衝撃、五年前にロスト・ルーシャの年代層よりもさらに深い地層から遺物が発掘されて、定説とされていた創世期よりもさらに古くなるという、研究結果が出たのを知ったとき以来だった。

つまりはゾーイにとっては、これ以上ないほどのものだったのだ。

——ヴァルゼスから『好きだ』と告白されたのは。

「そのときお前は言ったな。『その申し出を受け入れるのは合理的ではない』と」

そして畏《おそ》れ多いことに、ゾーイは振ったのだ。大国バロガロス帝国の皇弟殿下で大佐でもあり、誰もが羨《うらや》む美貌の持ち主を。にべもなくバッサリと。

だからこそ思った。今回の話は彼の復讐なのではないかと。

こんなヴァルゼスよりも遥《はる》かに色気に乏しい女に振られたなど、汚点でしかないだろう。気持ちが弱っているときに仲良くして、恋と錯覚したのであれば、目が覚めた後にやってくるのは悶絶するほどの羞恥と後悔のはずだ。

それを清算するため、そして意趣返しをするためにゾーイを指名してきたのだと、勝手に解釈してしまっていた。

ところが彼は復讐ではないと言う。

そうなると心当たりはとんとなく、さらにゾーイの頭の中を疑問符でいっぱいにした。

「あのあと俺は落ち込んだ。多少自信はあったんだ。それくらい仲良くなっていたし、恋とか異性とかに疎そうなお前でも、少しは俺の告白を受けて、心を揺り動かしてくれるのはないかと。……まぁ、お前は少しも悩むことなくすっぱりと俺を振ったわけだが」

そのときのヴァルゼスの傷ついた顔を思い出して、胸が痛くなった。彼らしからぬ弱々しい顔は、後にも先にも見たのはあれ一回きり。

ヴァルゼスの想《おも》いを拒絶するのに、迷いがなかったとは決して言えない。これでも随分と葛藤したのだ。

だが、それ以上に大事なことがあって、そちらを優先させた。ただそれだけの話だ。

「さらに落ち込んだのは、お前が何の便りも挨拶もなしに帰国していたことだ。もうバロガロスにいないと聞いて、俺がどれほど落ち込んだことか……」

帰国に関してもゾーイなりの、のっぴきならない事情というヤツがあるのだが、それをヴァルゼスが知る由もない。

だが、それを話したところで今さら何になるだろう。

致し方がなかった、理由があった。けれども彼を振ったあげくに内緒でバロガロスを出たのは、まぎれもないゾーイ自身だ。

だから再会して彼にどんな顔を見せ、どんな言葉をかけたらいいのか分からなかった。

今もそう。頭の中には謝罪の言葉しか浮かんでこない。

「あの……ヴァルゼス……あのときは本当に……ごめんなさい」

「何を謝る必要がある。俺の想いを受け取るのも断るのもお前次第だ。罪悪感を持つ必要などない」

あれ？　と肩透かしを食らい、神妙な顔になる。じゃあ何故昔の傷を抉《えぐ》るような話を今さらしたのだろう。

もしかしてあれはなかったことにしたい、綺麗《きれい》さっぱりお互い忘れようという話なのか。

そうであるならばゾーイだって望むところだ。その方がきっとヴァルゼスにとってもいいはずだ。彼はもっともっと幸せになるべき人なのだから。

けれども……。

「だからお前を諦めるも諦めないのも、俺次第ということだ、ゾーイ」

「……へ？」

「一年前は挽回《ばんかい》の機会も与えられず逃げられたが、今回はお前の立場上、俺から逃げられない。俺の側にいる間、じっくりと口説きなおせる」

「……え？　……ええ⁉」

復讐でもない、綺麗さっぱり忘れるわけでもない、まさかの第三の選択肢。

カウチから立ち上がりこちらへと近づいてくるヴァルゼスを見ながら、ゾーイは肉食獣に狙われた小動物のように慌てふためく。後退《あとずさ》りするも、ソファーの背もたれがあってすぐに行き止まりとなり、逃げ場所はなかった。

「俺はお前を口説き落とすために、ガドナまでやってきたんだよ、ゾーイ。そのために一年でガドナ語をある程度習得したし、今回大使になるために必死にあの兄に頼み込んだんだ」

「そんな……わざわざ私ごときのために、多大な労力を使わなくても……」

覆《おお》いかぶさるようにソファーの背もたれのへりに手をついたヴァルゼスは、それこそゾーイが逃げられないように距離を詰めてくる。

ひとたび息を吐けば、顔に吹きかけてしまいそうな距離。眼鏡が彼の顔にぶつかってしまいそうなほどだ。

奥に激しい焔《ほのお》を湛《たた》えた金色の瞳がゾーイを挑戦的に見つめ、口元はうっすらと笑みを浮かべている。おそらくどちらかが少しでも顔をずらせば、唇同士が触れてしまうだろう。

「お前を手に入れるには、手段を選んでいられないからな。俺にとっては、それ以上の労力をかけて手に入れる価値があると思っている」

そう艶のある声で囁くヴァルゼスは、ゾーイの癖のある銀色の髪を耳にかける。露《あら》わになった耳に指を這《は》わせくすぐるように外耳に耳朶《じだ》、そして首筋へと下ろしていった。

「……うんっ」

ゾクゾクとした甘い痺《しび》れがゾーイを苛《さいな》み、思わず変な声を上げそうになった。慌てて口を食いしばるが、ヴァルゼスは意地悪くも執拗《しつよう》に指先の悪戯を止めない。

むしろヴァルゼスに与えられる感覚に悶《もだ》えるゾーイの表情を楽しんでいるのだ。その屈辱に革張りのソファーに指を食い込ませながら耐え、できるだけ顔をヴァルゼスから遠ざけた。

心臓が痛いほどに高鳴っている。

「ガドナの滞在予定は約一ヶ月だ。その間に必ずお前を堕《お》とす。――覚悟しておけよ、ゾーイ」

宣戦布告のような言葉は、こめかみへのキスとともにゾーイに吹き込まれた。柔らかな唇の感触に飛びのき、青褪めていた顔が、見る見るうちに真っ赤に染まっていく。

誰が思うだろう。大国の皇弟がわざわざ一度振った女を追いかけて、国際規模の任務を引っさげながら現れるなんて。不敬罪に処されるならまだしも、再度口説かれるなんて誰が見てもあり得ない状況だ。

「うそ……でしょう?」

ヴァルゼスの遠慮のない色気と口説き文句に怯えながら、ゾーイはこの一か月を平穏無事に乗り切れるのかと、目の前が真っ黒になった。

第二章　キリアンの願いごと

ヴァルゼスとの出会いは、バロガロス帝国に留学して半年ほど経《た》ったときだった。

ガドナ国では味わえない真夏のうだるような暑さがゾーイを苛み、毎日汗を掻きながら駆けずり回っていた、そんなある日の昼下がり。

その頃のゾーイは、一言で言えば躍起《やっき》になっていた。周りとの関係が上手《うま》くいかずに敬遠されはじめ、一人で奮闘していたのだ。

念願のロスト・ルーシャ研究の本場であるバロガロス帝国への留学を果たし、いつも資料や報告書で眺めるしかなかった遺跡や遺物に触れて感動し、いざ学ぶぞと意気込んだのも束《つか》の間《ま》。

ゾーイは研究所の人間から袖にされ、学ぼうにも教授してくれる人間もいなかった。

理由は単純だ。ゾーイが女で、しかも異国人だから。

世界的に男尊女卑の風潮は根強い。ガドナも女性が軽んじられる場面は多かったが、バロガロスはそれに輪をかけて酷いものだった。

それは軍事国家であるがゆえなのだろう。

軍事力を持って国力を広げてきたバロガロスは、何よりも軍人としての能力と成果を重視されてきた。もちろん昔から脈々と受け継がれた社会的地位も財力もステータスの一つだが、その中に女性の入る余地はない。

女は家を仕切り慎《つつ》ましやかに淑《しと》やかに。男と同等の学を持ち、意見するのも忌み嫌われる。

特に考古学学会などは高齢の学者が多く、新たな風を嫌がる風潮にあった。国際交流の一環として国に命じられなければ、絶対にゾーイは受け入れられなかっただろうと分かるほどに、歓迎されている雰囲気ではなかったのだ。

大好きで生きがいと言ってもいいロスト・ルーシャを学べるのであれば、構わないと思っていた。人間関係など二の次にして、その知識さえ自分に取り込めれば、バロガロスに来た意味は十分あるのだと。

だが、邪魔者は排除されるのが世の常だ。

ゾーイが研究をしようにも研究所内の机を貸してもらえなかったし、資料を読むにもガドナ国でも手に入るような一般的なものしか許してくれない。最新の研究結果が記載されている報告書は、一文字も読ませてもらえないし、発掘も蚊帳《かや》の外だった。

それでも得られるものはガドナにいるよりは多いと信じていた。

机がなければ床や壁を使い、最終的には自分で木箱を運んで作ったたし、資料に関しても粘り強く交渉したり皆が帰った後に盗み見たりもした。それに最新のものでなくとも、多角面から知識を取り入れればそれは必ず肥やしになると、国立図書館にも通い詰めたのだ。

たとえ環境が悪くても、自分ができることは何かあるはずだと奔走する日々だった。


「すみません。そこでそうやって本を読んでいるだけなら、この梯子《はしご》、貸してください」

その日も新たな資料を求めて国立図書館にやってきていたゾーイは、いつまでも稼働梯子《ばしご》を独り占めしている不届き者に声をかけた。

床から天井までそびえ立つ棚から本を探すのに、背の低いゾーイにとっては必要不可欠だ。棚の上の方に置かれていた本を取りたいと可動梯子を探したところ、一人の人間が本棚に付属している可動梯子の天板に座って本を読んでいたのだ。

何もそんなところで読まなくても、と呆れたゾーイは、堪らず声をかけた。ただの椅子にしているのであれば必要としている人に明け渡すべきだと。

すると梯子に座っている人が本から目を離し、こちらを見下ろす。黒い髪の毛がさらりと揺れて、鋭い光を湛えた金の瞳がゾーイを貫いた。

その瞬間、ゾーイの世界が止まる。

——何て美しいのだろう。

他に言葉が見つからないほどに、梯子の上の男性の美しさに感動し見蕩れていた。

スッと通った鼻梁《びりょう》もキリリと吊り上がった眉も凛々しく、特に切れ長の目は幅の大きな二重で涼やかだ。厚めで綺麗な形の唇は、彼の艶やかさを助長している。

まるで『獣を狩る男の像』を、生身の人間に具現化したような逞《たくま》しい体躯《たいく》。あの像を遺跡で見たときの感動よりも上回る衝撃が、ゾーイを襲っていた。

「悪い。もし読みたい本があるならここから取るが？」

麗しい男性に声を掛けられて、ゾーイはハッと我に返って首を縦に振る。

「お、お願いします。隣の棚の一番上にある『ロコルレイト語の変遷』と、『チェシェット・ユールの繁栄と衰退』という本を。あ！　重いので気を付けて」

「待っていろ」

そう素っ気ない声で言った彼は、手を伸ばして本を取る。足が長いとは思っていたが、手も長いようでらくらく目当ての本を取って、梯子を下りてきた。一冊だけでも相当な重さなのに、軽々と片手で持つ彼の力にただただ驚く。

「これでいいのか？」

目の前に立つ彼は思った以上に背が高くて、ゾーイはその圧迫感に委縮した。顔が無表情な

のもあるかもしれない。恐る恐る差し出された本のタイトルに目を通し、小さく頷いた。

「ありがとうございます……」

頭を下げて丁寧にお礼を言い、本を受け取ろうと手を差し出す。すると、彼はその本をひょいっと持ち上げてゾーイから遠ざけてしまうので、何事かと目を丸くして仰ぎ見た。

「お前には持てない重さだ」

また素っ気ない声で言って、本を持ったまま彼は歩き始める。慌ててその後を追ってついて行った。

顔は愛想もない無表情。身体が大きいところを見ると軍人なのだろうかと、後ろから手を窺い見る。節くれだって皮が厚そうな手は、剣を握って戦っていても不思議ではない。白のシャツに黒いトラウザーズ。その上に軍服を着ても、きっと違和感がない。

「どこに置く？」

肩越しに振り返り聞いてくる彼に、『あっちです』と指を指して教えると、彼は一瞬神妙な顔をした。それもそのはず、ゾーイが指した先は部屋の片隅の小さな机だったからだ。けれども彼は何も聞かずにそこに本を置いてくれた。余計なことを聞かれずに済んだと安心して彼にお礼を言う。すると彼は本とゾーイを何度か見比べて、口を開いた。

「バロガロスの者とは毛色が違うな。他から来たのか？」

「はい。ガドナ国から留学してきました」

「あぁ、なるほど。だからか。バロガロスでは銀色の髪も灰色の瞳も見たことがないから、どこからやってきたのかと思ったが……あの雪国か」

ジロジロと観察するように見られて、ゾーイは居心地が悪くなる。

ガドナ国では銀髪も灰色の瞳も一般的だが、こちらでは異色だ。この国のどこを見てもそんな色を持った人は誰もいなかった。だから、外を歩いていても、遠巻きに見られることは少なくない。

「留学の目的は？　随分と古い資料を読んでいるようだが。チェシェット・ユールについて調べているのか？」

まるで尋問のような質問に少しムッとはしたものの堪《こら》えた。ここで不快感を露わにして、親切に仇《あだ》を返すような真似《まね》はしたくない。

「チェシェット・ユールというよりは、ロスト・ルーシャについての勉強をしています。今研究所に期間限定で入所して勉強をさせてもらっているんです」

「ロスト・ルーシャの研究所なら、あそこらへんにある本はすべて蔵書にあるはずだ。何故わざわざここにきて借りる必要が？」

――鋭いな、この人。

借りた本と場所で、そこまで的確に質問をしてくるのだ、観察眼が優れているのだろう。そしてこの高圧的な聞き方、やはり軍人に違いない。

だんだんと呑《の》み込《こ》んだ怒りが沸き上がってきた。おそらく、気にしないと心に言い聞かせながらも、研究所の職員のゾーイへの態度に腹に据えかねていたものがあったのだろう。

加えてこの初対面の男に無遠慮に質問されて、窯の蓋が開くように苛立ちが溢れ出た。

「申し訳ございません。私だってこの暑い中わざわざこんなところにきて本をかりるだなんて、無駄なことしたくはないんですけどね。でも異国の女に貸せるものはないって突っぱねられたら、どうしようもないじゃないですか。研究所に机も用意してもらえず話し合いにも参加させてもらえない私が、他にどこで知識を得ろと？　貴方どこかいい場所知ってますか？　教えてくれません？　邪魔者にされずゆっくりと自分の研究ができる、良識的な場所」

八つ当たりに近かった。この人が悪いわけでもない、むしろただ疑問に思ったことを口にしただけなのに、日頃の鬱憤をぶつけてしまったのだ。

冷静さを欠いて失態を犯した自分に気付き、ゾーイは青褪めながら謝った。

「す、すみません！　本当にごめんなさい！　私……あの……貴方に八つ当たりをしてしまったようです」

恥ずかしい。今すぐここから消え去りたい。質問されただけでこんなに苛立つなんて。

それだけ今の自分に余裕がない証拠なのだろう。それもまたゾーイを打ちのめす。

頭を下げて謝罪を繰り返すその下で、密《ひそ》かに唇を噛み締める。手も握り締めすぎて震えていた。

「――八つ当たりというより怒りの発散だな、それは。不当な扱いを受ければ人間は怒り、余裕がなくなるものだ。……なるほど。愚か者はどこにでも蔓延《はびこ》る」

だが、彼はゾーイの怒りに理解を示してくれた。最後、『愚か者』と苦虫を噛《か》み潰《つぶ》したような顔をしてはいたが。

「お前、名前は？」

「えっと……ゾーイ・エスカフロリア、です」

「いろいろ質問して悪かったな、ゾーイ」

名前を聞くや否や、そのまま踵《きびす》を返してしまった。しかも、そのまま去って行ってしまうのだから、唖然と後姿を見送るしかない。

もしかして言葉や態度には出さなかったけれど、ゾーイの八つ当たりに腹が立って早々に立ち去ってしまったのだろうか。そうなのであれば、とても悪いことをしてしまった。

「今度また会ったら謝らなきゃ……」

でもどこの誰かも分からない。あちらはゾーイの名前を知っているが、ゾーイは名前を教えけた。

てもらわなかった。

いつかまたどこかで会えたらいいのだけれど。

この広いバロガロス帝国の中で再び会える奇跡を願って、ゾーイは彼の消えた先を見つめ続けた。

ところが、願うまでもなく、その奇跡はあちらからやってくる。

次の日も図書館の隅のテーブルで本を読んでいると、ツカツカとゾーイの方へ向かってくる人が一人。昨日の彼だった。

足が長いために、あっという間にゾーイの目の前にやってきてこちらを見下ろす彼は、鋭い金の目を眇《すが》めた。

「研究所に労働環境と、留学生の待遇についての調査が入ることになった。これで環境が劣悪と判断されれば、国の指導が入り是正される」

「……へ？　……ええ⁉」

彼の言葉に驚いて素っ頓狂な声を上げると、『ここは静かにする場所だ』とたしなめられてしまう。慌てて口を手で塞ぐが、ゾーイの頭の中はそれどころではなかった。

まさか研究所に調査が入るだなんて。

昨日のゾーイの言葉を聞いて動きかけてくれたんだろうかと、信じられない気持ちで彼を見上げた。まさか、こんなに若いのに行政を動かせるほどの力の持ち主なのだろうか。改めて彼の正体が気になる。

「ま、待ってください。本当に……？　本当に研究所に調査が？　貴方がそうなるように役人を動かしたの？　え？　え？　何者……？」

混乱して整理のつかない頭で彼を問いただす。すると彼はフンと鼻を鳴らして、書架の側面に背を預けた。

「あそこは国立の機関だ。何か不具合があればすぐに国の調査が入る。それに元々副所長の不当人事と横領の疑いがあった。だが、あそこは閉鎖的で互いの結びつきが強くて誰も口を割らなくてな。だから、今回お前の訴えを上手く使っただけだ。お前のためじゃない。お前はただのきっかけだ」

元々疑いがかけられていたから動きが速かったのかと、ようやく納得できた。

副所長はゾーイへの当たりが一番きつい人だったので、不正をしていると言われても特段驚かない。きっと何も知らない新参者が、ガチガチに固めた上下関係と結束を乱すのを嫌がったのだろう。

「でも、留学生の待遇の改善もって……」

「クソくだらない風習と根性を根絶やしにするなら、一気にやったほうがいい。性別や人種や出自を理由に排斥し、寄ってたかって馬鹿にする愚か者は、やれるときに思いっきり叩き潰すのが俺の信条だ」

『愚か者はどこにでも蔓延る』という昨日の言葉は、こういう意味だったのか。つまりはあのとき、ゾーイに怒っていたわけではなくて、彼が忌々しく思う『愚か者』たちに腹が立ったのだ。それに気づいてゾーイはホッと胸を撫で下ろした。

「でも、ありがとうございます。私のためじゃなくても、わざわざここに教えに来てくれたのは、私のためですよね？」

彼が口で何と言おうともゾーイにとってはありがたい話だった。だからそれだけで嬉しくてお礼を何度言っても言い足りない。

バロガロスに来て約半年。人の優しさに初めて触れたような気がする。

「名前、昨日聞きそびれたので聞いてもいいですか？　軍人さん……ですよね？」

「聞いてどうする。これからお前は研究に忙しくなって、ここにくる時間もなくなるだろう？俺にはもう会うことはないかもしれないぞ？」

「二度と会わなきゃ名前も聞いちゃダメですか？　ただ私は、またお礼をいうときに、ちゃんと名前を呼んでお礼を言いたいだけです。ちゃんと貴方にお礼を言ってるんだって、実感しながら伝えたい」

ただの『ありがとう』じゃ足りない。本当に感謝しているから、恩人の名前を呼んで言いたいし、これからも彼の名前を呼んで感謝をしたい。

ゾーイは彼の目の前に立って再度聞く。

「貴方の名前は？　教えてください」

彼は眉間に皺をつくってそっぽを向く。だが、首がほんのり赤く染まっていて、密かに照れているのだと分かった。

「……ヴァルゼス・ウェイズ。階級は大佐だ」

少し可愛《かわい》い……かも。

屈強な軍人、しかも大佐という高い地位の人にこんなことを思うなんて失礼だし、口に出したらそれこそ怒られそうだけれども。

でも、素直じゃなくて、ちょっと不愛想な彼との距離が近づいた。そう思うと嬉しくて仕方がない。

ようやく対等に話せる人を見つけたと、ただただ浮かれてゾーイは無理矢理《むりやり》ヴァルゼスの手を取り、勝手に握手をした。

これがヴァルゼスとの出会い。

そこから一年半友達として、同志として仲を深めていった。

ただ、そう思っていたのはゾーイだけなのだと、のちのち知ることになる。

◇◇◇

翌朝。

——どうしたものか。

思い悩んだゾーイは、荷物を運び出してからあっという間に本に埋もれた部屋の真ん中で、ソファーに寝そべって両手足をバタバタとさせる。どう考えても一ヶ月耐えるという身も蓋もない作戦しか思い浮かばずにもどかしかった。

昨夜、ヴァルゼスの部屋から這《ほ》う這《ほ》うの体《てい》で逃げてきたゾーイは、空腹も忘れて考え続けた。

彼との仕事を終えるまでの一ヶ月間、いかに彼と向き合うべきかと。

平然とした顔で彼の言葉を躱《かわ》せばいいのか、それともすべてを拒絶すればいいのか。

特に今のヴァルゼスは、国のために機嫌を損ねてはいけない相手だ。そこに配慮して彼の猛追に耐えて諦めてもらうのは、人との駆け引きなどほぼしたことがない、体当たりでぶつかるスタイルのゾーイにとっては、至難の業だ。

そもそも、ヴァルゼスのあの告白は、ゾーイの中では過去のできごと。想いを受け入れられないと言った時点で、終わったのだと思っていた。

それなのにまさか一年越しに蒸し返され、諦めていない宣言をされてしまうとは。

迷惑というわけではない。想いを寄せられて嬉しいし、こんな自分を好いてくれてありがたいとすら思う。

ゾーイだって本当は……。

けれども、果たしてそれは合理的なのかと考えたときに、疑問符が残る。

ヴァルゼスは大国の皇弟で軍の大佐。雲の上のような人なのだ。本当なら会うことも言葉を交わすこともない、交《まじ》わらない運命線上にいた人。

きっと国のために大意を成し遂げ、兄である皇帝を支える立派な人になるのだろう。

そんな人の半身ともいえる伴侶にゾーイがなった場合、そこに利点はあるのだろうか。

異国の身分も何もないただの女が妻となれば、周りの反発は免《まぬが》れないし逆にヴァルゼスにとっては不利だ。彼の地位や仕事にだって影響を及ぼす。あまりにも合理的ではない。

それはゾーイだけではなく、他の人も指摘した不安要素だ。

気持ちだけではどうにもならないことは、世の中にはいくらだってある。将来を考えて利となる選択をした方がいいのに。

――そう考えてくれたら、ゾーイだって楽なのに。


「ゾーイさん。ゾーイさぁん！　起きてますか～？」

自分の考えに耽《ふけ》っていたら、扉がけたたましい音を立てて叩かれた。セイディーンの起床確認の声が聞こえてきて、ソファーに埋めていた顔を上げて慌てて扉を開いた。

「どうしたんですか？　ゾーイさ～ん。昨夜はご飯も食べずに朝食だって。メイドが心配してましたよ？　体調が優れないいんですか～？」

「……あ」

言われて気が付き、お腹《なか》の虫が騒ぎ出した。そういえば昨日は頭がいっぱい過ぎて、食べるのも忘れて悶絶していたのだ。今朝も引き続き悶絶が続いたために、朝食も忘れてしまっていたらしい。

「すみません……」

さぞかしメイドも迷惑していただろう。ゾーイの悪い癖が出て、ここに来ても心配をかけている。

「まだ時間ありますよね？　朝食いただいてきます！」

「ええ？　昨日聞けなかったこと、今のうち聞こうと思っていたのに……」

「聞きたいこと？」

何だろう？　仕事のことだろうかと首を傾げると、セイディーンはちらりとヴァルゼスの部屋の方へと目を向けて、ゾーイの耳元に顔を寄せてきた。

「殿下とお知り合いだから今回指名されたんでしょう？　いったいどうやって、皇弟殿下とお知り合いになれたんです？　ゾーイさんの交友関係凄くないですか？」

ヴァルゼスと知り合えたきっかけなど、本当に偶然でしかない。最初は名前も語らず、語ったと思ったら階級だけ明かされた。

彼が皇弟だと知ったのはもっと後で、そこまで貴い人だとも露知らずに交友関係を続けてきたのだ。凄くないですか？　と絶賛されても喜んでいいかもわからず曖昧に微笑む。

「たまたまですよ、たまたま。留学中に知り合って、よくしていただいていたってだけです」

「え～？　『よくしていただいた』って意味深だなぁ。もしかして、男女の仲ってやつですか？」

下世話な推測にげんなりしながらも、彼の鋭い指摘に目を泳がせた。

男女の仲ではない。が、それをあちらが望んでいるだなんて、口が裂けても言えない。

「……違います。ただの友人として、よくしていただいたという意味です」

「本当ですか～？」

ニヤニヤとしながらさらに顔を近づけるセイディーンから顔を退けると、彼はさらにゾーイの表情を窺うように近づいてくる。ジロジロと瞳を覗《のぞ》き込《こ》む茶の瞳が、鋭く光った。

「おはよう、ゾーイ。昨日はよく眠れたか？」

そのとき、背後から低い声が聞こえてきた。

ポンと頭の上に手が置かれて、くしゃくしゃと掻《か》き交ぜられる。その懐かしい撫《な》で方《かた》で手の主が分かって、ゾーイの心臓が跳ね上がった。

「……お、おはようございます、ヴァルゼス様」

振り返り彼の顔を見ると、眉間に皺が寄っていた。どうやら朝から不機嫌らしく、昨夜逃げるように部屋を出たことで、機嫌を損ねたのだろうかと冷や汗を掻く。

「そちらは……エクトゥ殿だったかな？」

「セイディーン・エクトゥです。殿下に名前を覚えていただけているなんて光栄ですねぇ」

ところが彼は急に笑顔になって、セイディーンに声をかける。もしかして気のせいだったのかと首を傾げるほどの変わり身に、ゾーイは目が点になった。

「朝から打ち合わせか？　仕事熱心だな」

「ええ。まだ不慣れなゾーイさんを支えるのが、僕の役目ですから」

ピクリとヴァルゼスのこめかみが震える。セイディーンが、『ヴァルゼスとの仲を勘繰っていたところです』などと言わなくてよかったと安心していたゾーイは、それに気づかない。

「……それはよかった。ゾーイも安心しているだろう。よろしく頼むよ。ゾーイが俺のために仕事がしやすいように、力を貸してやってくれ」

肩に手を回されて引き寄せられる。

いかにも仲良しだとアピールするようなヴァルゼスの行動に、ゾーイはセイディーンの誤解を深めてはいけないと手を外そうともがくが、力が強くて難しい。

「もちろんです。誠心誠意尽くさせていただきますねぇ」

胸を張って言うセイディーンを、ヴァルゼスはじぃっと胡散臭《うさんくさ》そうな顔で見つめている。

彼の目を真っ直ぐに見据えて、性格とか人柄を見極めようとしているのかもしれない。それはヴァルゼスの警戒心からくる行動だが、視線が無遠慮過ぎてあまりよろしくない。

「……あの、ヴァルゼス様、これから朝食ですよね？　行かなくていいんですか？」

微妙な沈黙に耐えきれなくなって、ゾーイはヴァルゼスに話を振ると、彼はこちらに視線を向けて不服そうに見下ろしてきた。

「そうですね。ゾーイさんも朝食まだのようなので、お二人ともどうぞ行ってきてください」

セイディーンが気を利かせてくれたのか助け舟を出すと、ヴァルゼスはニコリと微笑んで

『ちょうどいい』と言う。

「なら、一緒に食べよう。お前の分の朝食をこちらに持ってこさせればいい」

「はい⁉」

唐突に何を？　と驚いていたのも束の間、ヴァルゼスがゾーイを強引に連れて行く。肩を掴まれて後ろから誘導されると、なすすべもない。

「いってらっしゃ～い。また後でお会いしましょ～」

振り返るとセイディーンが和やかな顔で手を振っている。かと思ったら、ニンマリと含みを持たせた笑顔に変わった。

絶対に誤解されている。

「……ちが……違うんですぅ」

弱々しくセイディーンの誤解を解こうにも、あっという間に彼には声の届かない場所へと連れて行かれてしまった。もう後で誤解を解きなおすしかない。

そうしている間にヴァルゼスはヒューゴにゾーイの朝食を手配させて、一緒に食べることが確定してしまっていた。

断ってしまおうか迷ったが、やはり昨日から食べていないので、さすがに腹に何かを入れておかなければ、午後には空腹で倒れてしまうかもしれない。

二人きりではないのなら、変な空気にもならないだろう。そう考えたゾーイは諦めて大人しくヴァルゼスについて行った。

部屋のテーブルには一人では食べきれないほどの量の料理が並び、しかもいずれもおいしそうだ。さすが国賓の食卓。

滅多《めった》に食べられない王宮の料理を一食逃してしまった、昨夜の自分の行動が口惜しい。

「お前、その涎《よだれ》でも垂らしそうな顔……昨夜から何も食べてないな？」

「何故それを⁉」

図星を指されたゾーイは狼狽《うろた》える。ヴァルゼスは、重苦しい溜息を吐いて胡乱《うろん》な目を向けた。

「そんなの嫌でも分かる。昔から研究に打ち込んで飯を食べ忘れたお前が、再び食欲を取り戻したときはいつもその顔をする。モノ欲しそうな、涎が止まらないって顔だ」

「よだれ⁉」

思わず口元を拭い、涎が出ていないか確認する。とりあえず今は出ていないようだが、まさか自分がそんなはしたない真似をしていたなど、恥ずかしすぎて穴があったら入りたい。

「大丈夫。出ていたとしてもほんの少しだ」

ククク、とヴァルゼスが噛み殺すように笑う。その子どもが悪戯を成功させて喜ぶような顔を見ていると、何だか恥ずかしいというか照れ臭くなった。

涎を垂らした間抜け面をいつも彼が見ていたのだ。女性としてはあるまじき姿だったろうに、それでも好きだと言ってくれるのだと思うと、心がソワソワする。

「……ちょっと気を付ける」

「あぁ、そうしてくれ。お前のあのうっとりしたような蕩《とろ》けた顔は、……他には見せたくはないからな」

それでもやはり他には見せられない顔なんだとショックを受け、これからは顔を引き締めて生きていかなくてはと覚悟を決めた。みっともないのはまず大人としていけない。

「さぁ、食べようか」

ヴァルゼスがヒューゴ以外の護衛たちを部屋から出すと、にこやかにそう告げた。

二人きりではないのはホッとしたが、ヒューゴは寡黙でまるで壁と一体化してしまったかのように気配を消して隅に立っているので、存在感はあまりない。

意識してしまうと変に空回ってしまいそうなので、何も考えずに目の前の食事にだけ集中した。

見た目も美味しそうだったが味も格別だ。いつも庶民の味しか味わったことがなかったので、高級食材を使った料理は口に合うのだろうかと心配だったが、そんなものは杞憂でしかなかったようだ。

どんどんと食が進む。口の中に食事を運ぶ手が止まらなかった。

「昨日眠れなかったのは俺のせいか？」

だが、突然ヴァルゼスがとんでもないことを聞いてくるので、ピタリとその動きを止める。

しばし固まった後にそろりと彼の方へと視線を向けると、あちらは頬杖を突いてしたり顔をしていた。

「この俺がそれほどお前を悩ませるとはな。ロスト・ルーシャ以外にお前を悩ませるものはないと思っていたが……これは面白い」

「んん⁉」

ゾーイだってロスト・ルーシャ以外でも悩みはするし、心を囚《とら》われもする……と反論したかったが、実際ロスト・ルーシャ以外であまり悩まないのも事実だ。ましてや眠れないほど考え込むなんて、他にあっただろうか。

いや、一度だけあった。

何日も悩んで悩んで、眠りが浅くなって。自分の判断があれでよかったのかとふとした瞬間に自信がなくなったり、会えない寂しさを募らせたり。

あのときのヴァルゼスとの別れは、ロスト・ルーシャよりもゾーイを悩ませた。

いつだってゾーイを悩ませるのは、ヴァルゼスかロスト・ルーシャ、この二つしかない。

彼にそんなこと言ったこともないし、知る由もないだろう。

だが、ゾーイの口からは昨夜寝ていないことも食べていないことも一切言っていないのに、ヴァルゼスは顔を見ただけでそれを悟り、そしてそこまで推測してきた。

それだけ見られているということだ。

彼からそういう目で見られていると思うだけで、こんなにも心が騒ぎ出す。

「昨日は仕事初日だったし、いろいろと準備もしなくちゃいけなかったし、考えることも多くて、別にヴァルゼスだけのせいじゃないと言うか、あくまで要因の一つであって……」

「そうか。だが、少しでもお前の頭に俺が入る余地があったのなら重畳。第一歩としてはまずまずだな。バロガロスで一緒に過ごした時間も、無駄ではないと知れて嬉しいよ」

少し嬉しそうに綻ぶ顔。口元だけではなく、目尻も下げて笑むヴァルゼスは、出会った当初からは考えられない顔だった。

「……私はヴァルゼスとの出会いも、一緒にいた日々も無駄って思ったことない。ヴァルゼスがどう思っているか分からないし、今の関係だって何て言ったらいいか分からないけど、でも貴方は私にとって大切な……と、友達だから。だから、何一つ無駄な時間はなかったよ」

たとえヴァルゼスの望むような関係にはなれなくても、ゾーイの中では彼は一生の友達だと思っている。かけがえのない友情と一緒に過ごした日々は、ゾーイを形成する一部だ。何一つなくせない。

「友達……か」

彼が一瞬寂しそうな顔をする。

だがそれも束の間、ゆっくりと瞬《まばた》きをすると、その目は怖いもほどに真剣なものに変わっていた。

「――なぁ、ゾーイ。一つ聞くが、何故その友達と思っていた俺に何も言わずに帰国した？　俺を振った気まずさからか？　だが、お前はそれでも筋は通す人間だろう？　それだけに解せない。何故何も言わずに逃げるようにバロガロスを発《た》った？」

「それは……」

彼の真っ直ぐな目から逃れるように俯き、言《い》い淀《よど》む。

その質問に対する答えはもちろんあるが、口には出せない。そういう約束だったからだ。

真実を口にできない以上嘘《うそ》を言うしかないのだが、彼は騙《だま》されてくれるだろうか。

今のゾーイには上手に嘘を吐ける自信がまったくない。

「……黙秘、します」

あきらかに何かがあると匂わせる言い方だが、下手に言い訳をして突っ込まれて聞かれるよりはいい。狡《ずる》いとは思うが、それで余計な話をしなくて済むのであれば安いものだ。

「それは面白いな。口を割れるものなら割ってみろ、ということか？」

「もうちょっと穏便に考えて？　ただ答えたくないってだけよ」

そんな挑戦状を叩きつけるなど滅相もない。ヴァルゼスに挑む勇気も勝算もないのに、できるはずがない。ただ黙して逃げるだけだ。

「だが、開かない口はこの手で開いてみたいものだ」

「……ご、拷問とかしないよね？」

「まさか。お前の口は、俺手ずからゆっくり優しく開いてやるよ」

──それはどんな手を使って？

ある意味拷問よりも怖い言葉に悪寒を走らせながら、ゾーイは懸命に朝食を口にかき込んだ。

以前から聡明《そうめい》な分、食えない面もあったが、それは仕事や敵に対して見せるものだった。ゾーイと一緒にいる間は、優しく面倒見がよくて、そしてここまで強引じゃなかった気がする。

つまりは言葉通り、今の彼に遠慮は一切ない。敵を叩き潰すのと同じだ。本気になったら、どんな手を使っても徹底的に目的を果たす。

強引に囲い込むくせに、ふとした瞬間に昔から知っているその優しさでゾーイを翻弄する。

ゾーイの奥底で長き眠りについていている女性としての情を揺り動かすのだ。持ち前の美貌と色気、そして過去の楽しかった思い出を使って。

これが仕事に影響したらどうしようと、不安にもなった。

ところが、ヴァルゼスという男は、恋に盲目となる人間ではないらしい。仕事となると大使としての務めを果たし、ゾーイのことも公私を分けて通訳として扱う。今朝セイディーンの前で肩を抱き寄せたような真似は一切せず、人前では適度な距離を保ち、指先ひとつ触れようとはしなかった。

ありがたいと思いつつ、複雑になる。もしも公私混同するような人だったら、幻滅できるのにと思ってしまっている自分がいるのだ。

逆にゾーイにはなかなかないメリハリがあって、尊敬すら感じていた。以前から尊敬の念は持っていたが、さらにそれが強まっていきそうだ。

そんな中、連日行われているガドナ国とバロガロス側の話し合いは、今のところ順調に進んでいるようだ。

ガドナ国の現時点での軍事力の確認と今後の増強、防衛の脆弱性《ぜいじゃくせい》と改善案、協定内容など話す内容は多岐に亘るが、それを一つ一つ擦り合わせていっている。

バロガロス帝国の軍事力に頼る代わりに、ガドナ国が差し出すのはやはり豊富な資源で、共同開拓も行われていく予定だ。

初日に粗相をしてしまったエイデンも、ガドナ側の配慮で姿を現すこともなく、随分と友好的に関係を築いていく方向で話が進んでいた。

近年まで閉鎖的だったガドナ国が、他国と手を組んでさらなる発展を遂げようとしている。歴史的な場面に自分が加わっていると徐々に実感してきたゾーイの中から、最初の頃の気楽さはなくなっていった。ヴァルゼスの仕事に対する真摯な姿勢に感化されたのかもしれない。

だが、一方で。

「……あの、これは……いつまでこうしていればいいの？」

「俺が癒《いや》されるまで」

仕事が終わり、さぁこれから自室で研究をするぞと意気込むゾーイの部屋に、ヴァルゼスが乗り込んできたりする。それどころか部屋の中に入ってきたりして、あきらかに仕事とは打って変わった態度を取るのだ。

今日なんて二人でソファーに座り、後ろから抱き締めてくるヴァルゼスの顔が、ゾーイの肩に埋もれている。

一見、甘えているかのようなその態度は、彼曰く『癒されている』最中のようだ。

最初は腕ごと抱き締められて身動きが一切取れず、『本が読めない』と不服を申し立てたところ腕だけは解放してくれたので、彼が癒されている最中は気を逸《そ》らすように、必死に本の文字を目で追っていた。

だが、時折彼が顔を撫《な》でつけるように動かすので、吐息や髪の毛が耳や首筋を掠める。そのたびにくすぐったいような甘い疼《うず》きのようなものが身体を苛んで、それが続くと読書どころではなくなってきた。

「……っ……ン」

わざとなのだろうか。それとも、ゾーイがそんな状態になっていると知らずに、癒しを求めているだけなのか。何度も何度も刺激を繰り返されると、堪らず声が漏れそうになってしまうというのに、彼はそんなゾーイに構うことなく動き続けていた。

ただくすぐったいだけだったのが、むずむずとした疼きになり、それが大きくなっていく。吐息や髪の毛だけじゃない。彼の肉厚で柔らかな唇までがゾーイの肌の上を滑る。

疼きは甘くゾーイを苛み、徐々に全身へと広がっていった。

少し息が弾んで、心臓が早鐘を打つ。お腹の前で繋《つな》がれていたヴァルゼスの大きな手はいつの間にか解け、左手が上ってきていた。逆に右手は下へと向かって行く。

熱い手がゾーイの胸の下と太腿《ふともも》を擦り始め、その際どい動きに顔を真っ赤に染めた。本を持つ手も震えて、刺激を与えられるたびに全身が熱くなって頭が沸騰していく。

その感覚に耐えきれなくなって、ゾーイは首を横に振って抗議をした。

「お、おわり！　もう癒しの時間は終わりですぅ～！」

目尻を真っ赤にして首を懸命に振って、足もばたつかせて。ゾーイのでき得る限りの拒絶を見せる。すると彼はパッと手を離して、両手を顔の横で上げる降参のポーズをした。

言う通りにおしまいにしたぞ、というように。

「『今日は物凄《ものすご》く疲れたから癒してほしい』って言うから、部屋に入るのを許可したの！　それ以上のことは禁止！」

「それはすまない。癒しを求めていていたら行き過ぎたようだ」

悪気もなくそう言ってのける彼は、先ほどまで焼けるほどに、唇と手が熱かったなど思えないほどに涼やかな顔をしている。

こちらはさんざん身体の熱を上げられていまだに冷めないというのに、この差は何なのだろうと、恨めしい気持ちで睨み付けた。

「そんな顔をするな。癒してもらった代わりに、部屋の本の片づけを手伝う。どうせ、運ぶだけ運んで、面倒くさがって片づけずにこの有様なんだろう？」

「……うっ」

『この有様』と下に指を指された先には、床に置かれた本たちが積み重なっている。もちろんヴァルゼスの言う通りなので反論もできず、『よろしくお願いします』と頭を下げた。

昔もよく、ヴァルゼスがずぼらなゾーイを見かねて片づけを手伝ってくれたのだ。

本の種類を分類して著者ごとに並べて整理をするのだが、終わってみるとゾーイの部屋がまるで小さな図書館のように、綺麗に片づけられていたのを思い出す。

そのたびに感謝してお礼を言って、代わりに実家から送られてきた、ガドナ国のお菓子をあげたり食事に行ったりして。

几帳面《きちょうめん》で面倒見のいい彼に、部屋の汚さや私生活のだらしなさをよく叱られたりするが、根気強くゾーイの世話を焼いてくれた。

それは今でも変わりない。根本の優しさは一緒だ。

ただ、そこに今は愛欲が含まれた。先ほどのような不埒《ふらち》な触れ合いも、ヴァルゼスはゾーイに望むのだ。

（私でもそう見られるんだ……）

それは衝撃的だった。自分にはそんな要素が何一つないのだと思っていたからだ。ただ、生物学上女であるが、誰かにとっての『女』ではありえないと。

癖のある銀の髪の毛は、一応女性らしく背中の半ばまで伸ばしているが、あちこちに跳ね回っている。常時眠いのかと言われる垂れ目、そして極めつけは分厚い眼鏡だ。厚すぎてかけると目が小さくなるそれは、とてもゾーイを美しくはみせない。

一応メイドに綺麗なドレスを着せてもらい女性らしい恰好はしているものの、元がいまいちならばなるようにしかならないのが現実だ。

(ヴァルゼスはその先も望んでいるのかな……?)

本を選別している彼の横顔を見て考える。

先ほどの触れ合いがもっと進めば、その先にあるのは接吻《せっぷん》だったり愛撫《あいぶ》だったり、性器の挿入だったり。知識はあるし、ロスト・ルーシャの壁画にも情事の場面が描かれ、かの文明下では神に捧《ささ》げる神聖な儀式でもあった。

生命の誕生のためのいち工程ではあるが、そこに性欲が伴わないと機能しない。特に男性の場合はその要素が強いだろう。

(……ということは、ヴァルゼスは私で勃起するの?)

あり得るだろうか、この自分に。

何となく彼の下半身に目を落とした。もちろん見ただけではその真偽は分からない。

つまりはゾーイには、経験がないので想像力に欠けるのだ。この涼やかな顔をしたヴァルゼスがどのように欲情し、ゾーイを抱くのか、それに応える自分の姿すら想像できない。

そもそも、ヴァルゼスがゾーイを好きだと判断するに至った根拠は何なのだろうか。

問いただしたことも聞いたこともない。それゆえに、気になり始めたら聞かずにはいられなかった。

「あのさ……ヴァルゼスって……いつから私のこと好きだったの?」

少し照れながら聞くと、彼はおもむろに顔を上げて『いつ?』と首を傾げた。そして顎に手を当てて考え込み始める。

「いつ、というのは覚えていないな。いつの間にか好きになっていたと言いたいところだが……お前はそれじゃ納得しないんだろう?」

小さく頷く。曖昧な答えはあまり好まないゾーイの性格を、彼はよく知っていた。

ヴァルゼスは仕方ないとばかりに少し眉を寄せて、本を棚に仕舞《しま》い込《こ》む。そして、ゾーイを真摯な顔で見下ろして、口を開いた。

「お前を見ていると、自分の悩みがちっぽけに思えてくる。がむしゃらで形振《なりふ》り構《かま》わなくて、他人が足枷《あしかせ》だと思うものも利用してしまうしな」

「無茶したり形振り構わないのは、ヴァルゼスも同じじゃない……」

「俺と違って腹黒さがないからな。好きなことには全部が全部体当たりだ。ロスト・ルーシャにかける思いは人一倍で、貪欲で。その姿勢に憧れて羨ましいと思った」

ロスト・ルーシャへの熱い思いを理解してくれる人は少ない。

父は比較的好意的に捉えてくれたが、過去を調べてどうするんだと嘲《あざけ》る人も多い。見据えるべきは未来だと言われて、悔しい思いをしたのは一度や二度ではなかった。

だから、そう言ってもらえて純粋に嬉しかった。

ヴァルゼスは最初から否定しなかった。ゾーイの研究の話も、鬱陶しがらずに聞いてくれたのだ。

彼は目尻を下げた柔らかな顔で、いつもこちらを見下ろしていた。

「……けど、いつの間にかその情熱を俺にも向けてほしいと願うようになった。真っ直ぐにロスト・ルーシャを見ているその瞳を、こっちに向けてほしくなったんだ。それは何故か、と考えたら、――これは恋だと。そう、自分の心が答えた」

『恋や愛を定義づけるのは無意味だ』。

以前父にエリサとの馴《な》れ初《そ》めを聞いたとき、言われた言葉だ。その感情が恋か、何をもって愛と呼ぶかなど人によって違うのだから、決められないのだと。

ヴァルゼスはそれを恋と呼んだ。自分の中だけしかない、曖昧で不確かなものを恋と名付けたのだ。

その対象におこがましくも選んでもらえたのだと思うと、心がむず痒《がゆ》くてソワソワとしてしまう。自分が彼の唯一無二になったような気分だ。

絶対に真っ赤になっているだろう顔を腕で隠し、ヴァルゼスから顔を逸らした。

「聞かなきゃよかった。……何か、凄い照れる……どんな顔していいか分からない」

軽率に聞きすぎた。こんなに恥ずかしくなる話だと思ってもみなかったし、それどころか感動するなんて。

「隠すな。照れた顔を見せてみろ」

「み、見せない！　見ても何も面白くないから！」

懸命に拒否しているのに、ヴァルゼスはにじり寄りゾーイとの距離を縮めてくる。意地悪な彼はゾーイの腕を取り、隠していた顔を露わにした。

「あぁ……いいな、その顔。俺のせいでお前がそんな顔をしていると思うと……ゾクゾクする」

今にも舌なめずりしそうな顔で見下ろすヴァルゼスに、ゾーイは息をするのも忘れてしまう。ヴァルゼスに『息をしろ』と言われてようやく呼吸を再開したが、脳が酸欠状態になって頭が上手く回らなかった。

（……いつかヴァルゼスに殺される気がする）

こんな色気に当てられ続けたら、魂がいくらあっても足りなくなりそうで怖い。

だが、実はヴァルゼスに魂を抜かれていたのは、ゾーイだけではなかったようだ。

二国間の話し合いが行われる前後に、彼に熱い視線を送る人物が一人。

いたいけな青い瞳がヴァルゼスを見るたびに煌《きらめ》き、彼の言動を真剣に観察している。先日の一喝を聞いて思うところがあったのか、それともヴァルゼスの仕事ぶりに感銘を受けたのか。

キリアンは、ヴァルゼスに憧れをもっているようだった。

だが、仕事以外での雑談をするわけでもなく、自分から話しかけるわけでもない。ただ見つめるだけで留《とど》まっている。

ヴァルゼスもそれに気付いているのか気付いていないのか、配慮する様子もないようだ。

お互いの立場を除けば、憧れの人を目の前にモジモジとする子どもと、憧憬と尊敬の視線を一身に受ける大人。側で見ているゾーイはもどかしくて仕方がない。

そうこうしているうちに、キリアンがゾーイに向けても、何か言いたげな視線を送るようになってきた。どうにかしてあげたいが、これ以上にヴァルゼスに関わるのを躊躇《ためら》っていたゾーイは、見て見ぬふりを決め込んだ。

もう少し、ヴァルゼスの熱が冷めるまでは下手には動きたくはない。

ところが、そう悠長に構えていたゾーイの目の前に、見過ごせない事態が転がり込んできたのだ。

午前の仕事が終わり、今日は昼食から午後の仕事開始までの時間があったので、これ幸いと城の中にある図書保管室に足を運ぼうとしていたときだった。

城の端、ほとんど人が通らない廊下に人が二人立っていた。立ち話をしているわけでもなく、廊下を見張るかのように立つ彼らは、明らかに異様だ。

何となく関わらない方がいい雰囲気を察したゾーイは、素知らぬふりをして通り過ぎようとした。

——ところが。

「だから俺は反対したんだ！　お前が王位を継ぐのを！」

耳に飛び込んできた聞き捨てならない言葉に、ゾーイは思わず足を止めた。そして声が聞こえてくる先に視線を送る。

「己の至らなさを自覚しろよ！　今だってお前は王としての役目をまったく果たせていない。バロガロス相手に反論もできず、唯々諾々と従っているだけなんだろう？　本当にこの国と国民を、守る気があるのか？」

二人の男の向こう側にいる声の主。こちらに背を向けて怒鳴り声を上げているのは、最近目にしていなかったエイデンだ。

そして、エイデンに恫喝《どうかつ》されているのが、キリアンだった。

エイデンは胸倉を掴んで近距離で喚《わめ》いていた。キリアンはそれに反論するでもなく、ただ俯き唇を噛み締めてそれにじっと耐えている。

「……なぁ、キリアン。今からでも王位を退け。そして父に明け渡すんだ。元々お前は自分の父からも期待されていなかったじゃないか。ルーフェンだけが王に相応《ふさわ》しいと言われ続け、お前は王にはなり得ないとも言われただろう？　人の上に立てるほどの才覚はないと」

エイデンの言葉は、キリアンを諭しているように見せかけて侮辱していた。他人の言葉や過去を借りて、自分の主張を押し付ける、いやらしい言い方でキリアンを責めているのだ。

反吐《へど》が出る。

こんな人がいないところに連れ込んで見張りも立てて、裏で脅すような言い方で自分より小さな子どもに怒鳴る大人。

エイデンも屑《くず》だが、素知らぬふりをして立っているだけの見張りの二人も、なかなかの屑だ。

「ラッキーだったんだよな？　そのつもりもなかったのに、父も兄も死んで王位が転がり込んできて。舞い上がって王になるって言ったんだろう？」

「……ちがう」

「身の程もわきまえずになぁ。でも、もう分かっただろう？　お前は王にはなり得ない。やはり相応しいのは俺の父だ。なぁ、そうだろう？　なぁ？　『その通りです』って認めろよ！」

「やめてくれ……エイデン……」

「認めろよ！　ほらっ！　キリアン！　認めて俺に詫びろ！　立場もわきまえずにすみませんってよぉ！」

バンバンバン、と何度も壁を手で叩いて威嚇するエイデンは、徐々に過熱していった。それに比例するように、キリアンも怯えの色を濃くしていく。

その一部始終を見ていたゾーイからそれを隠すように、見張りが動いて視界を阻む。そして、どこかに行けという視線を送ってきた。邪魔をしてくれるなと。

ゾーイはこういう輩《やから》が大嫌いだ。

陰でこそこそといびってきて、真正面から一人で挑んでこない小心者のくせに横柄な輩。自分が正しいと言い憚《はばか》り、弱い人間は潰しても構わないと勘違いしている。難癖をつけられれば何だっていいのだ。出自でも性別でも、他人の言葉や評価でも。

まるでそれが正論かのように、身勝手な正義を振りかざす。

きっと見て見ぬ振りをして、去ってしまった方が利口なのだろう。だが、それを良しとしない自分がいた。今のキリアンの悔しさが、痛いほどに分かってしまう。

利口なやり方ではないと分かりながらも、ゾーイは二人に突撃していった。

もちろん、それをすかさず護衛たちは阻止してくる。

「退《ど》いて」

二人を交互に睨み付ける。だが、あちらは平然とした顔でそれを拒絶してきた。

「なりません。今はエイデン様がご指導中ですので、邪魔をなされませぬよう」

「はぁ？　指導？」

何を馬鹿なことをと、怒りがさらに溢れ出た。

「そうです。エイデン様は陛下を正しい道に導くべく、話をしているのです」

「まだ幼い陛下を慮《おもんぱか》ってのことです」

何が慮ってだ。その前に人としての道義と情を学びなおしてこいと、怒鳴りたくなる気持ちを無理矢理呑み込んで、ゾーイは努めて冷静でいようとした。

けれども、男の腕越しにキリアンが、悔しそうに顔を歪めて震えていたのが見えた。

それがゾーイを強く突き動かす。

「……貴き身分の方々はあれを『指導』だと言うんでしょうけどね、悪いけど私の周りでは、ああいうのは『いじめ』っていうのよ。大の大人三人が、子どもをいたぶるだけの胸糞《むなくそ》悪い行為をね！」

「イダっ……！」

男の脛を思い切り蹴り、痛みで屈《かが》んでできた隙間からすり抜けて駆け出す。もう一人の男は小さくすばしっこいゾーイを捕まえられずに、慌てた声を出した。

必死に駆けて二人の元へと辿《たど》り着《つ》き、キリアンの胸倉を掴むエイデンの手を振り払う。そして、キリアンの手を取って強く握った。

「行きましょう、陛下」

唖然とするキリアンにニコリと笑い、こんな気分の悪くなる場から抜け出そうと促した。戸惑いながらも抵抗を見せないキリアンは、ゆっくりと足を動かし始める。

「待て！　今キリアンは俺と話をしていたんだ！　それを突然割り込んできて無礼もいいところだ！」

もちろんそれを許さないエイデンは、もう片方のキリアンの腕を掴み、今度はゾーイに牙を剥《む》いて居丈高に怒鳴ってきた。護衛の二人にも、ゾーイたちを捕まえるように命令を飛ばす。

それに怯《ひる》むこともなく、冷ややかな視線をエイデンに送ったゾーイは嘲りの笑みを浮かべる。

「すみません。ヴァルゼス殿下が、ぜひ陛下とお話したいとおっしゃってるんです、ヴァルゼス殿下が。エイデン様は殿下を待たせるほどの話が、陛下にあるのですか？　これから協定を結ぼうとしている、二国の代表が話し合う以上に大事な話が」

もちろんそんなものがあるはずもないエイデンは、顔を歪めて黙り込んだ。あったとしてもどうせ生産性のない、いちゃもんだけだろう。

「ないのであればこれで失礼しますね。待っておりますから、ヴァルゼス殿下が」

ここでヴァルゼスの名前を利用するのは申し訳ない気もするが、エイデンが何も言わずに黙り込む相手は、きっとアンドレイかヴァルゼスだけだ。

小走りで去っていくゾーイたちを、今度こそ護衛たちは止めなかった。エイデンも命令を飛ばした様子もなく、すんなりと逃げることができた。

ある程度距離が取れたところで、ゾーイはピタリと足を止める。そして振り返り、できる限り深く頭を下げた。

「もももも申し訳ございません！　差し出がまし過ぎる真似を働いてしまいました！　本当にすみませんでした！」

まだ十一歳の子どもとはいえ、一国の王。本来ならエイデンの言う通りゾーイの行為は無礼で、処罰されても致し方ないものだった。今さら慌てても後の祭りだが、ただ今は謝るしかできない。

「――いや、こちらこそすまない。みっともないところを見せてしまった」

「いえ！　こちらこそ目撃してしまってすみません……」

二人でペコペコと頭を下げ合って謝る。

ところが、キリアンはその頭を止めて、俯いたまま動かなくなってしまった。

「……本当に……本当にありがとう……」

言葉を詰まらせ徐々に涙声になっていくキリアンにギョッとしながら、ゾーイは俯いて顔を覗き込む。すると彼は、プルプルと震えながら、青い瞳に涙を一杯溜《た》めて懸命に耐えていた。

「ご、ごめ……ホッとしたら……涙が……ごめんなさいっ」

「あああ謝らないでくださいっ！　泣いていいんですよ！　あんな風に怒鳴られたら怖いですもん！　むしろあの場で泣かない方が偉かったですよ！」

涙を流しただけでゾーイに謝るキリアンがいじらしくて、懸命にフォローを入れる。

謝る必要なんてどこにもない。キリアンは何も悪くないし、むしろ頑張った方だ。近距離で胸倉を掴まれて怒鳴られたら、誰だって怖いし泣きたくなる。

ましてやキリアンはまだ幼い。恐怖心はことさらだっただろう。

王を相手に気安く頭を撫でたり、抱き締めて慰めるわけにもいかず、両手を宙に彷徨《さまよ》わせながら言葉を尽くしてキリアンの労をねぎらった。

すると、顔をくしゃくしゃにしてしゃくりあげはじめ、とうとう崩れたように泣き出す。

いよいよ収拾がつかなくなって、とりあえず誰にも見つからないように空いている部屋に駆け込んだ。

「……うぅ……ごめんなさい……っ……な、……涙が……とまらっ……」

「あぁ～ダメですよ、そんなに擦っちゃ」

自分の涙を止めようと袖で拭うキリアンの目元はもう真っ赤で、見兼ねて持っているハンカチを差し出して目元に押さえ付けてあげた。なおも涙は止まらず、ハンカチが濡《ぬ》れていく。

「こんなみっともない姿を見せてしまって……ごめんなさい、エスカフロリアさん。王ならば弱いところ、見せてはいけないのに。また叔父様に怒られてしまう……」

そう言いながらも、またブワっと涙を溢《あふ》れさせる。

「大丈夫ですよ！　王様だって人間ですもの！　涙くらい流れます！　それに泣いてしまったことは私と陛下だけの秘密にすれば、アンドレイ様にはバレません！　ただ、このままだと目が腫れちゃうので、しっかり冷やさないといけないですけど……でもそれ以外は問題なしです！」

「こんな僕ですけど失望しないでください……これから王としてもっと頑張りますから……もっともっと強くなりますから……」

だから、この国がダメになるとか思わないでほしいんです。

キリアンは拙いながらも、弁明を繰り返していた。

きっとアンドレイ以下周りの大人に、『王たる者』を解かれ続けていた日々だったのだろう。

理想の『王』をキリアンの中で形作り、それに近づこうと努力をしているが、それを幼さが阻むのかもしれない。

大人のように自制がきかない感情。未発達な思考に、未熟な身体。

それらはキリアンの理想と現実の間に立ちはだかり、壁となる。エイデンはそれを責め立てていたのだ。今思い出しただけでも腹立たしい。

「大丈夫ですよ。陛下が泣いている姿を見て、国がダメになるなんて思いませんよ。むしろ人間味があって、親しみやすいなって思います」

「……本当ですか？」

キョトンとしてゾーイを見上げる。その顔がとても可愛らしくて天使のように見えた。

年の割に幼い顔立ちをしている上に、中性的な容姿だ。キリリとして、大人の雰囲気を懸命に出そうとしているキリアンも王様として立派だったが、こういう素の姿は可愛らしくて仕方がない。思わず頭を撫でて可愛がりたくなる。

「本当です。それに私はあのヴァルゼス殿下相手に、頑張っていらっしゃると思います。あの方、ちょっと顔が怖かったり、言葉がきついときもあるでしょう？」

特に晩餐会の一件は、とてもびっくりしたのではないかと心配していた。憧れの念を持ってはいるのだろうが、あれは初めて見る人には強烈だったろう。

「ヴァルゼス殿下は格好《かっこう》いいです！　たしかに怖かったりするときもありますけど、でも言っていることは正論で説得力もあるんですよ！　僕、僕、本当に凄いなぁって思って！」

だが、キリアンはそんな心配をよそに。ヴァルゼスを絶賛しはじめた。両手をギュッと握って、溢れんばかりの興奮を押し出すように。ブンブンと手を振り回しては目を輝かせている。

（……可愛らしい）

胸がキュンとして思わず顔がにやけてしまう。

これはもしかして、聞くところによる母性本能というヤツなのだろうか。キリアンの言動や表情の何もかもがいじらしく、そして可愛くてしょうがない。

（守りたい……この笑顔……！）

思えばこんなに笑っているキリアンを見たのは、初めてかもしれない。

いつも静かな顔で政治の話をしていたので、大人びているなと思っていたが、こんなに可愛らしく笑う子だったなんて。

ゾーイはこのギャップに、すっかり心を掴まれてしまった。

「あの、エスカフロリアさん！　ヴァルゼス殿下と元々お知り合いなんですよね？　昔からあんなに格好良かったですか？」

「……え？　うーん……」

ゾーイの口から何と言うべきか悩んだ。留学中にヴァルゼスと会ったとき、彼は開店休業状態で仕事をしている姿を見てはいない。正直、ガドナ国で初めて仕事をする姿を見たに等しい。だから、昔からあんな感じで仕事をしていたのかは分からない。おそらくあの調子だったのだろうけれど。

でも、昔よりは随分と迷いを吹っ切って、己の思うがままに動いているような気がする。ゾーイが帰国してからの一年間、ヴァルゼスの中で何かしらの変化があったのだろうか。

「エスカフロリアさん？」

ヴァルゼスとの思い出と推測に耽っていたゾーイを、キリアンが現実に戻す。そして誤魔化すように笑って、首を縦に振った。

「そうですね。昔からあんな感じです」

「そうなんだぁ。やっぱり立派に仕事をこなせる人は、昔から凄いんだなぁ」

キリアンが少し複雑そうな顔で呟いた。だが、ゾーイは『それは違う』と首を横に振る。

「陛下、ヴァルゼスも、最初からあんな風に強くあれたわけではないですよ。多くの敵に囲まれ、悩み傷つき、それでも立ち上がってきた人です。その結果が今の彼なのだと思います」

ゾーイの知るヴァルゼスの姿を語ると、キリアンは目を瞠《みは》る。そして身体を震えさせて、唇を噛み締める。何かを強く思うように、胸の前でギュッと拳を握り締めた。

「……そうですか。彼もまた、不撓不屈《ふとうふくつ》の努力を重ねてきた人なのですね。だからあれだけ眩《まばゆ》く、輝いて見える」

静かな声で確かめるように呟く。そして、キリっと眉尻を上げてゾーイを見上げたその顔に、覚悟の色を灯《とも》した。

「エスカフロリアさん。僕、ヴァルゼス殿下の元で学びたいです！　志というか姿勢というか……と、とにかく側でその姿を見て話をして、学び取れるものすべてを、彼がここにいる間に学びたい。お願いしますっ！　僕とヴァルゼス殿下の間に入って、仲を取り持っていただけませんか？」

それは紛れもなく心からの訴えだった。

今にも傅《かしず》いて頭を下げんばかりにゾーイに希《こいねが》う姿に、どうしようと頭を抱える。

しかも困ったことに、ゾーイの服の裾を掴んで上目遣いで頼み込んでくるのだ。潤んだ大きな青い瞳で。

あんなエイデンたちに虐げられて辛い思いをし、涙を流しても王だからとゾーイに謝るキリアンの縋《すが》る手を振り払えようか。

いや、払えない。今だって、ゾーイに縋るその手は、可哀想《かわいそう》なくらい震えている。

加えて、熱い視線だけではなく、直接その言葉でお願いをされてしまえば、白旗を上げるしかない。

「……お、おまかせください、陛下」

「本当に？　本当ですか？　あ、ありがとうございます！」

無邪気な笑顔が眩《まぶ》しい。喜びのあまりに、ゾーイに抱き着いてくるその仕草すらも可愛らしくて、頭を撫《な》で回したくなるほどだ。

安請け合いした。そう思わなくもないが、孤軍奮闘する彼の味方を作ってあげたい気持ちが勝ってしまった。ゾーイにできることなど、ヴァルゼスとの仲を取り持つくらいしかない。

（問題はヴァルゼスをどう説得するかだけど……）

仲良くしてほしいと言って、二つ返事で了承するような人間ではないと知っているがゆえに、どう説得力を持たせた話をしようか悩むところだ。

だが、きっとヴァルゼスもキリアンを放っておけないと、ゾーイは思う。

おそらくキリアンの今の境遇は、昔のヴァルゼスに近い。

胸を打つものがあるはずだと。


そんな打算とキリアンの期待を背負いながら、ゾーイはその日の夕方、ヴァルゼスを呼び止めて話があると言った。

そこは二つ返事で了承してくれたヴァルゼスは、彼の部屋で話そうと誘ってくる。

喜んでついて行きソファーに座ると、ゾーイは昼間のできごとを話し始めた。

キリアンがエイデンにされていたことはもちろん、どれほどヴァルゼスに憧れているか、立派な王になろうと頑張っているかも。そして、それを必死に訴えてくる彼がどれほどいじらしく、可愛かったのかも丸ごとすべて。

最初は涼やかな顔で聞いていたヴァルゼスだが、徐々にその眉間に皺が刻み込まれていった。それから眉が吊り上がり口が引き結ばれ、気が付けば不機嫌そうな顔になる。

話し終えるころには、足を組み憮然とした様子でゾーイを睨み付けるほどに、機嫌は最悪まで下降していたのだ。

あれ？　何かしくじっただろうか、と首を傾げるも、ゾーイはその原因に気付けない。

話し終えた後の重苦しい沈黙に耐えながら、ヴァルゼスの返事を待った。

「……お前、話があると期待を持たせておきながら……これか……」

「え？　ええ？」

吐き捨てるように言った後に、重々しい溜息を吐いたヴァルゼスは、崩れるように頭を抱えた。

期待を持たせるも何も、何をどう期待しているのかも分からないゾーイは慌てふためく。

「馬鹿かお前！　愛の告白をした男の元に、その告白を受けた女が話があると部屋にくれば、多少なりとも期待するだろう！　想いを受け入れてくれる気になったとか！」

「あぁ……そういう期待……」

それはまったくもって頭になかったゾーイは唖然とし、そしてあまりの自分の無神経さに気まずくなって目を泳がせた。

まさか『話がある』という言葉に、それほどの期待を持たせただなんて思いもしていない。

「えっと……その件に関しては……前に言ったように私とそういう仲になるのは、合理的ではないし、ヴァルゼスも得しない話だから……」

「俺が得するかどうかは、俺自身が決める。それに、自分の伴侶を損得だけで決めるつもりも、毛頭ない。それで納得できていたら、俺は今ここにはいなかった」

怒気を孕んだ声に肝を冷やす。不機嫌さに拍車をかけてしまい、どうしようと狼狽《うろた》えた。

眼鏡を触る手が震えている。

「……まぁ、いい。話を戻そう」

だが、ゾーイが怯えてしまっているのを察してか、ヴァルゼスは顔を顰めながらだが、話を変えてくれた。ホッとして、ゾーイもそれに頷く。

「それで、陛下と俺が仕事以外で仲良くするのも、外交としては悪くはない話だ。ましてやまだ一枚岩ではないガドナのトップと繋がりを濃くすれば、他の動きも抑えられるメリットもある。だが……」

口元を歪めて、ちらりと意味深な金の瞳をこちらへと向けてきた。

「子どもとはいえ一国の王として、陛下は些《いささ》か頼りない。それが透けて見えるから、あの晩餐会のときの愚か者といい、他の家臣もそうだが、舐《な》めて蔑《ないがし》ろにしている節がある。それがさらに他国の人間を慕い敬う姿を見せるのは、どうなのか……」

それは上に立つものとしての、威厳というものなのだろうか。

今現在あまりその威厳を保てていないキリアンが、さらにそれを損ないかねない行為をして大丈夫なのだろうかと、ヴァルゼスなりに心配しているのだろう。

たしかにそれは憂慮すべき問題だ。

けれどもそれ以上に、キリアンの成長を考えたときに、教えを乞う人物がいるのは大事なことではないだろうか。

「でもね、ヴァルゼス。貴方にはお兄さん、私には父がいた。理解し、守り、そして導いてくれる人が近くにいたから、ここまでこられた。でも、陛下は？　アンドレイ様もエイデン様の暴走を止めないところを見るに、あまり信頼できそうにもないし、他の人たちも陛下ではなくアンドレイ様を中心に動いている。陛下が王であろうと奮い立とうとしているのに、それを手伝ってくれる人は……本当にいるのかな？」

周りがすべて敵に見えて、誰も信じられなくて閉塞感に包まれて。

ゾーイもヴァルゼスも同じような経験をしただけに、今のキリアンの状態や心情が痛いほどに分かる。

手を差し伸べられるときに、差し伸べなくていいの？　ヴァルゼスにはそれができる力を持っているのに、本当にいいの？

ゾーイは再度ヴァルゼスに問いかける。ヴァルゼスは口元を手で覆い、難しい顔をしながら考え込んだ。

「正直、俺にメリットがない。あの阿呆《あほう》どもを触発する可能性だってある。俺としては本来の目的以外では、あまり動きたくないところだ」

ところが、返ってきた答えは否定的で、ゾーイは肩をがっくりと落とした。やはりそうは簡単に頷いてはくれないかと、分かっていながらも臍《ほぞ》を噛《か》む。

「――だが、俺にもそれ相応の見返りがあるのであれば、考えなくもない」

ところがヴァルゼスという人は、口で断りはするものの光明は残してくれるのだ。その慈悲に喜んで縋《すが》り付《つ》く。

「見返り？」

首を傾げて聞き返した。

「キリアン陛下と仲良くしろと言うのであれば、俺もそれを利用させてもらう。……分かるか？　ゾーイ。これは取引だ」

「……とり……ひき」

ゴクリと息を呑む。

取引ということは、同等の物を要求するのが常だ。果たしてこちらにヴァルゼスに差し出せるようなカードがあっただろうか。考えても出てこない。

懸命に考え込むゾーイを見てヴァルゼスはフッと笑い、おもむろに手を上げる。

そしてゾーイを真っ直ぐに指した。

「お前だ、ゾーイ。お前が俺に抱かれるというのなら、俺はその要求を飲む」

「——……は？　……な、なに？　……え？　だか……え？」

ダカレル？

あまりにヴァルゼスの提案が突飛すぎて、言葉の意味を自分の中に落とし込めず、頭の中が疑問符でいっぱいになる。

いやいや、そんなはずがない。さすがに聞き間違いだとへらりと笑うと、ヴァルゼスがダメ押しをしてきた。

「俺が帰国するまでの間、お前の身体を差し出せと言っている」

「からだっ⁉」

思わず両手で己の身体を抱き締めた。アワアワと驚愕《きょうがく》しながら、小さく悲鳴を上げる。

「待って！　待って！　それってつまりはそういうことだよね？　男女のまぐわいって言うの？　交わり？　つまりは私とヴァルゼスが生殖行為するってこと？」

「生殖行為って……まぁ、平たく言えばそうだ。俺とお前があそこにあるベッドに入って、男女の営みをする。別にベッドじゃなくてもいいが」

男女の営みに指定された場所に目を配ると、それは立派なベッドがそびえていた。

ゾーイの部屋にあるものより倍近く大きく、四本の支柱と天井から流れ落ちるカーテンが、密やかな時を過ごすのにおあつらえ向きだ。

今までベッドは寝るためだけに存在すると思っていたが、また違った要素を示唆されて直視できずに、慌てて目を逸らす。

「で、でも……そういうのは恋人同士の交流というか、情と情の交わし合いだと思うんだけど……」

「俺もお前と恋人になって、情なり身体なり交わし合いたいところだがな。だが、ここ数日お前と過ごして分かった」

ヴァルゼスがソファーから立ち上がり近づいてくる。濃紺の絨毯《じゅうたん》の上を歩く軍靴が見えて、緊張を高まらせた。

「──ゾーイ」

低く艶のある声が頭上に落とされる。

先日の一件で弱いと分かってわざとなのか、ゾーイの耳に声を吹き込むように囁いてきた。

「お前、俺を意識しているが、意図的にそれを考えないようにしているな？」

「……ひゃっ」

耳への刺激と、ゾーイの心を暴くような言葉を言われて、小さく悲鳴を上げてしまう。

心臓が痛いほどに早鐘を打ち、顔が引《ひ》き攣《つ》った。いかにもその通りですと言わんばかりのその顔を見て、ヴァルゼスはニヤリとしたり顔で笑う。

「なら俺をもっと意識させてやる。お互い裸を曝《さら》け出して触れ合えば、嫌でもそのロスト・ルーシャでいっぱいの頭も、俺で埋め尽くされるだろう？　俺を男として意識するだろうな。今以上に」

これ以上にヴァルゼスを意識しろと？　今でももうこの頭は、ヴァルゼスのことでいっぱいになって破裂寸前だというのに、まだ詰め込もうとするなんて、何て鬼畜な。

ゾーイは驚愕のあまりに震えあがった。

「お前が俺を『不合理だ』と拒むのであれば、俺は『合理的な理由』でお前を身体だけでも手に入れる。お前の可愛くていじらしいキリアン陛下の望みは叶《かな》うし、俺もお前との距離を縮められるんだ。それこそお前の好きな『合理的な』提案だろう？」

ヴァルゼスが、皮肉まじりにニヤリと口端を上げる。

「ちなみに俺はこの条件以外では、話を呑むつもりはない」

そして他の選択肢を断ってゾーイをさらに追い詰める。

何やら言葉にも棘《とげ》があるし、理路整然と話す内容に説得力があるような気がしなくもない。

「……えっと……その……」

頭の中で必死に代案を考えた。

だが、ヴァルゼスが他の条件を呑まないと明言している以上、他に効果的な案があるとは思えず、すべてが口に出す前に頭の中で没となる。

どうする？　どうしたらいい。

この話はなかったことにと言って、この場を去るのは簡単だ。

だが、それをキリアンに伝えたとき、彼はどれだけ落ち込むのだろう。涙は堪えるだろうが、心は酷く傷つく。せっかくゾーイを信頼して頼んできてくれたのに。

けれども、このままヴァルゼスに抱かれたらどうなってしまうのか、未知数過ぎて一歩踏み出す勇気が出てこない。

言うまでもなくゾーイは処女だ。口づけの経験すらない。

昔とは違って婚前交渉はタブー視されてはいないし、市井では恋愛は自由だ。未婚で非処女の女性も多いし、ゾーイ自身も結婚までは純潔を保つという信念もない。

だが、相手がヴァルゼスとなると話は別だ。この人に裸を曝け出して触れるなんて、考えただけでも恥ずかしくて悶絶する。

きっとヴァルゼスの身体は鍛え上げられ、溜息が出るほどに美しいのだろう。そんな人に、特に磨き上げたわけでもないこの身体を見せられようか。

それに怖かった。

もしもこの身体だけではなく、心までも暴かれてしまったら……。

するとグルグルと悩み葛藤しているゾーイの目の前で、ヴァルゼスが膝を折り傅《かしず》く。両手を取られ彼の顔の前まで導かれると、チュッと指にキスを落とされた。

「――お願いだ、ゾーイ。俺にチャンスをくれ。なりふり構わず恋に必死な俺が少しでも憐《あわ》れだと思うのであれば、慈悲が欲しい。泣くほどに嫌なのであれば、触れるのをやめる。だから、お前に触れる権利を……お前の中のその『合理的な理由』を突き崩すチャンスを……どうか……」

殊勝な態度で真摯に希《こいねが》う姿は、まるで物語の中の王子様だ。こんな風に縋られてしまったら

断ることなんてできなくなる。

キリアンにお願いをされ、ヴァルゼスに跪《ひざまず》かれ。王族二人に乞われて悩んでいる自分がいる。

これからガドナ国の未来を決める二人の橋渡しを担うなど、思いもしなかった。

そうだ。ここで下手に断れば、ヴァルゼスとキリアンの間に変な溝ができる場合もある。そうなったら、協定締結にも影響が出るかもしれない。

——この決断はガドナ国のためだ。

自分と、そしてここにはいない彼の人に言い訳をして決意を固める。

これはあくまで取引で、ゾーイ自身のスタンスは変わらないのだと。

ただ身体を繋げるだけで、心は動かないと。

何度も何度も頭の中で確認して、そしてゆっくりと頷いた。

第三章　合理的な取引

ゾーイにとってヴァルゼスは、初めてできた友達と言ってもいい。

昔からロスト・ルーシャに夢中で、同じ年頃の子たちとは興味の幅が違い、遊ぼうとも思わなかった。そんなゾーイが対等に楽しく話せたのが、ヴァルゼスだ。

同じ学者は仲間というよりも競争相手なので、親しくもなれなかった。特にバロガロスの研究所の人間はゾーイに冷たく意地悪なので、こちらからも遠慮していた部分もある。

最初はあんなにつれなかったヴァルゼスと、仲良くなったのは何故だろう。

ゾーイは昔を思い返す。


肌にしっとりと汗がまとわりつく季節。残暑が厳しくてガドナの冬が恋しいと思っていた晩夏のある日の図書館。

ヴァルゼスと出会って一ヶ月経った頃にはもう、そこは二人の待ち合わせ場所になっていた。

彼の計らいで研究所に査察が入り、いまだ調査中であるもののゾーイの扱いは随分とよくなった。改善されたというよりは、腫れ物に触るような扱いを受けている。

おかげで、前のように資料を見せないなどのいじわるはされなくなったし、話し合いにも参加できるようになった。随分と恐れられてしまっているが。

聞くところによると、今回の査察はゾーイが研究所の不正を訴えたからだという、噂が出回っているようだ。

半分くらいは本当のことなので否定はしなかったが、さらにゾーイに逆らえば謎の繋がりを使って潰されるという噂まであった。それには笑ってしまった。

それでもゾーイが足繁《あししげ》く国立図書館に通うのは、目的があったからだ。

もちろん研究所の資料は素晴らしいものがそろっている。だが、それ以上にゾーイが見たいと望むものが、図書館の奥に閲覧不可図書として置いてあった。

どうにかそれを見せて欲しいと司書に頼み込み、司書がそれを突っぱね、押し問答になり喧《けん》嘩腰《かごし》になる。毎日通い詰めて頼み込んだが、司書もゾーイに負けず劣らずの頑固者だった。

そんなところに現れたのが、ヴァルゼスだった。

そしてあれだけ閲覧を却下していた司書が、彼の一声であっさり許可を出してくれたのだ。

再会を果たしたその日から、ヴァルゼスとは図書館で頻繁に会うようになる。というのも、彼がゾーイの研究に協力をしてくれたのだ。

国家機密に関わるようなものは別として、ロスト・ルーシャの研究に役立つ図書をヴァルゼスの協力で閲覧できるようしてくれた。もちろん、貸出図書の選定を司書の判断を仰ぎ、ヴァルゼスの監視下の元での閲覧だが。

それに加えて、こう見えてヴァルゼスは読書が好きなようで、手元にある不要な本を譲ってくれたりもしてくれた。

驚くほどの親切をゾーイに施してくれた彼だが、それはお詫びも兼ねているようだった。

どうやら横領と収賄の容疑があった副所長は、証拠不十分のためにお咎《とが》めなしになる可能性が高くなるらしい。

「腹立たしいことに潰しきれなかったからな。数日したらまた副所長は舞い戻ってくる。そうなれば、また愚か者がつけあがり蔓延るだろう。……お前も、苦しい立場に戻るかもしれない」

そう気まずそうに言われて、初めてこれが罪滅ぼしも兼ねているのだと気付く。

「あの……気遣っていただき……ありがとう……？」

ただ、そうであるというはっきりとした自信がなかったので、彼の表情を窺いながらお礼を言うと、その眉間に皺が寄せられた。

「ただの嫌がらせだ。お前が知識を得て頭角を現せば、副所長への意趣返しにもなるだろう。……それに、どうしようもない理由で認められない辛さは……俺も知っているつもりだ」

多くを語らずゾーイを慮るような言葉を言う彼もまた、何かに苦しんだ経験があるのだろう。まだ知り合って日も浅い彼の中に、これ以上は踏み込めなかった。

だが、国立図書館に行けばそこにいるヴァルゼスとの距離は、日を経るごとに近くなる。

ゾーイ自身は、自分を語ることに抵抗はないのでガドナや家族のこと、そして過去も含めてよくヴァルゼスに話した。彼は話を嫌がらずに聞いてくれるので、何でも話してしまう。

それが嬉しくて仕方がなくて、調子に乗ってヴァルゼスの話も聞きたがるときもあった。

彼は、はじめははぐらかしたり黙して語らずにいたが、徐々に口を開くようになる。

そこからかもしれない。硬かった表情が徐々に和らいでいったのは。

「……え？　今怪我《けが》で休養しているの？　嘘？　え？　どこ？　私怪我人《けがにん》に、あんなに重い本を持たせてしまっていたの？　ご、ごめん！」

たとえば、軍人なのに何故図書館によくいるのかを聞いたときは、その理由に驚いたものだ。見た目には怪我や包帯をしているようにも見えなかったので、まさか傷を負っているとは思ってもみなかった。しかも、ヴァルゼスが率先して高い場所にある本を取ってくれたので、ゾーイはついつい甘えてしまっていた。

「ど、どこ……？　どこを怪我したの？」

ヴァルゼスの身体の隅々を見回しても分からず、焦った顔で聞く。すると彼はフッと笑って、自分のお腹を指した。

「お腹⁉　嘘でしょ⁉」

それは大怪我《おおけが》では？　と今さらながらに心配になる。

だが、彼は大した怪我ではないのだと首を横に振った。休養は命令で仕方なくしているのだと。

「まぁ、ちょっとしたいざこざがあって、浅く斬られた。それを理由に休職に追いやられているだけだ」

「いざこざって……喧嘩？」

そんなことをするタイプには見えなかったので、つい聞き返す。聞いた後で答えてくれるわけがないと思い返し撤回しようと思ったが、意外にもすんなりと教えてくれた。

「俺は出自が特殊でな。卑しい出のわりに出世が早かったんだ。……いうなれば縁故を使った出世だな。俺の腹違いの兄がそれなりの地位にいる。だが、それをやっかむ連中は多い。二十人に囲まれれば俺でも多少てこずるさ。だが、それを重く見た上官と、俺を疎んじていた連中が一緒になって俺を休むように追い込んだ。だから毎日暇を持て余してお前に相手してもらっている」

ことも なげに話してはくれるが、内心悔しい思いをしたのだろう。だから、ゾーイが同じような目にあっているのを聞いて、黙ってはいられなかったのかもしれない。

「縁故の何が悪いのかなぁ。別に持っているものを最大限に使っているだけなのに。私なら喜んで使っちゃう。今もヴァルゼスの権限を使って図書を見せてもらっているし」

「楽していると見られるんだろう」

「たしかに縁故を使って出世したくせに、ふんぞり返って仕事もまともにしない人間は処されるべきだけど、与えられた責務を懸命に果たしているんなら、問題ないじゃない。それともヴァルゼスは、胡坐をかいてふんぞり返っているタイプ？」

「いや？　それなりに成果は上げているし、褒章も得ているが……」

「だったら、もっと文句言われる筋合いないよね！　出自も性別も国も、変えようのないものを責めるなんて、ただの暇人よね。というか、人を羨む暇があるなら、己を磨けという話だと思うんだけど」

人を羨む暇があったら、人を貶《おとし》めようと頑張る情熱があったら、それはもっと有意義なことに使うべきだと、研究所の連中を見ても思う。

それで満たされる自尊心など、一瞬で消え去ってしまうのに。

「お前は、いつも前向きだな」

呆れているような顔をしながら、彼はそっと微笑む。

多分褒められているのだろうと捉えて、ゾーイも嬉しそうに笑った。

「そんなこと考えている暇があったら、私はもっと大事なことにこの頭を使う！　人生は有限だもん。有意義に使わなきゃ！」

決して最初から前向きだったわけじゃない。そう頭を切り替えて、ゾーイもやっと気持ちが楽になったのだ。さらに周りから変人のような目で見られるようになったが。

「……人生は有限、か」

ヴァルゼスのその呟きが、優しく耳に響く。

「俺も、もっと大事なことに頭使わなきゃな」

頭の上に手を置かれ、くしゃりと前髪を撫でられた。癖のある髪がさらにぐしゃぐしゃになってしまうが、それが気にならないほどに嬉しい。

自分の考えに共感してくれる人がいる。励ましてくれて、一緒に笑ってくれるだけでこんなにも心が温かくなり、幸せな気持ちになるものだとは思わなかった。

ヴァルゼスと自分は同志だ。この友情はかけがえのない、一生大切にすべきものだと、このとき改めて感じたのだ。

そうやって二人で会っては本を読み、共にロスト・ルーシャのことを話し合い、ガドナのお菓子を一緒に食べて、逆にバロガロスの料理を教えてもらって。

そんな楽しい日々、そういう関係が続いていった。

◇◇◇

約束を反故《ほご》にする人間だとは思ってはいないが、それでもこちらはこの身体を差し出す身。取引がしっかりと成立する保証が欲しい。

そうヴァルゼスに言って、こちらの対価を払う日を伸ばしてもらった。

保証が欲しいというのは半分建前で、実際今からヴァルゼスに抱かれると思った瞬間、いろんなものが過ぎった。

一応ゾーイでも、女性としての身だしなみの部分が気になったのだ。

裸を見せるであろう情事は、かなり密着すると推測される。そうなれば、肌触りだったり匂いだったりと、服を着ていれば誤魔化せる部分のすべてが、露わになってしまうのだ。

これはまずいと、部屋に帰ってすぐにお風呂に入った。

そして身体の隅々まで石鹸《せっけん》で洗い、もともと用意されていたけれどずっと使っていなかった、香油を髪や肌に塗り込む。何種類かあるうち、ラベンダーの香りのするものを選んだ。

お風呂上りに鏡台の前に座って、これまた使ったことのない美容クリームを顔に塗りたくり、そして早めにベッドに入った。

いつもはここから長い読書タイムなのだが、今本を開いても一文字も頭に入ってきそうにない。とりあえず今日のところは明日に備えた。

翌日は幸か不幸か休息日で会談はなく、ゾーイも通訳の仕事はお休みだ。

だが、さっそく朝食後にヴァルゼスの元に行って、キリアンに会いに行く手筈を整えなければならなかった。

ところが、仕事が速いのかそれとも気が早いのか。ヴァルゼスは朝一番にキリアンに使いをやり会いに行く約束を取り付けたらしく、今から行くのだと告げられた。

「なるべく早く褒美が欲しいからな。――今夜さっそく部屋で待っている」

近くに控えているヒューゴにも聞こえないような小さな声で、秘密の逢瀬《おうせ》の約束を囁いてくる。昨日の今日で？　と、緊張を高まらせた。

「今度は逃げるなよ」

命令ではない、お願いをするような声。

ゾーイの髪に触れる手が優しくて、まるで壊れ物を触るようで切ない。

逃げはしない。これは取引だ。合理的な取引だからきっと大丈夫。

そう心の中で呟いて、ゾーイの中で芽生えそうなそれを、静かに摘み取った。


「あ、あの……ヴァ、ヴァルゼス殿下……本日はありがとうございます！　エスカフロリアさんも本当にありがとうございます！　さぁ、こちらにいらしてください！　楽しく過ごしていただけるように、急いでいろんなものを用意させていただきました！」

ヴァルゼスから報《しら》せを受けてよほど嬉しかったのか、キリアンに指定されて訪れた部屋にはたくさんの物が用意されていた。

お菓子はテーブルの上から溢れ出そうなほどに置いてあるし、本もボードゲームまで用意がしてある。いったいキリアンはヴァルゼスとどうやって仲を深めるつもりなのかと、ハラハラした。きっと彼なりに考えた結果なのだろうが、いちいち可愛くて仕方がない。

それはヴァルゼスも同じようで、部屋をぐるりと見た後に口元が緩んでいた。

「す、すみません。ヴァルゼス殿下が何を好まれるか分からなかったので、僕なりに考えてみたんです。一応、ひまわりの種と、チャク・チャークも用意したのですが……」

上等な陶器のココットに入ったヒマワリの種を、申し訳なさそうな顔で差し出す。その様子をしばし観察したあと、ヴァルゼスはヒマワリの種を一粒貰い口の中に放り投げた。

「懐かしい味だな」

それはあの日々の思い出の味だ。

ゾーイも一粒貰って食べて、バロガロスでの日々を思い出した。

「キリアン陛下。ひとつ確認したいが、今日のこの場は、完全なプライベートということでいいのか？　バロガロス帝王の弟ではなく、ただのヴァルゼスとして貴方と向き合っても？」

「は、はい！　僕も今日はただのキリアンです！」

「ならば、尊称は必要ない。ただのヴァルゼスと。俺もキリアンと呼ばせてもらおう」

その提案にキリアンは言葉も出ないほどに感激し、目を潤ませながら何度も頷いていた。隣で聞いていたゾーイも、ヴァルゼスが意外にもキリアンに歩み寄ろうとしていて驚く。

ならばゾーイはお邪魔になりそうなので、退出しようと腰を上げた。ヴァルゼスは、日常会話程度ならばガドナ語を話せるので大丈夫だろう。今も問題なく話せている。

ところが、キリアンがゾーイを引き留める。ジャケットの裾を引っ張って縋るような目を向けてきた。

「ここにいてください……僕の通訳になってください……」

「え？　で、でも、ヴァルゼス殿下はガドナ語分かりますよ？」

「違うんです！　僕、き、緊張して、上手く言葉を話せそうにないのです……自信ないです。

エスカフロリアさん……通訳して上手く伝えてください……」

通訳とはそういう仕事ではないとは思うのだが、キリアンがあまりにも必死に頼むので了承してまた座った。その際、ここにとキリアンに指定された場所が、二人の間なのだから居心地が悪い。

ヴァルゼスとは仲良くはなりたいが、憧れが強すぎて緊張してしまうキリアンの手助けが、ゾーイの役目になりそうだ。とりあえず、場を和ませるところから始める必要がある。

「まずはお茶でも飲みます？」

特にキリアンは、お茶でも飲んで少し落ち着いた方がいい。

ゾーイはメイドたちが用意してくれたであろう紅茶をカップに注ぎ、二人の前に差し出す。

自分の分も淹《い》れて一口飲むと、何だか胸がホワッと温かくなった。

「それで？　キリアンは俺とどんなことを話したい？」

「そ、そうですね……どんなこと、というか……ヴァ、ヴァ、ヴァルゼス、のこと、何でもいいから知りたいって思って……」

「俺のこと？　……何を言えばいいんだ？」

首を傾げたヴァルゼスがこちらを見て、オロオロとしたキリアンもこちらを見る。

両者から助けを求められたゾーイは、『まるで仲人役だ』と心の中で苦笑しながら提案をした。

「まずは、趣味からお互いに教え合うのはどうでしょう」

するとと、二人とも『なるほど』といった顔で頷く。そしてさっそくヴァルゼスが口を開いた。

「俺は本を読むのが好きだ。本なら何でもいい。ただ文字を追って知識を得るという行為が、気分転換になる」

ヴァルゼスが率先して教えてくれたおかげか、キリアンの緊張で上がっていた肩がゆっくりと下がり、顔も和らいでいった。

「なら、ヴァルゼスの部屋は、本でいっぱいなのですか？」

「いや、大抵は図書館から借りて読む。買ったとしてもそのほとんどを人にやるか、図書館に寄贈するな。手元にあるのは気に入ったほんの数冊だ。逆に部屋が本で溢れ返っているのはこっちだ。寝る場所もない」

『こっち』と唐突に話を振られたゾーイはピッと背筋を正し、顔を赤らめて狼狽《ろうばい》する。

「や、やめてよ。私の話はどうだっていいじゃない」

「いえ！　エスカフロリアさんの話もぜひ聞かせてください！　僕、貴女とも仲良くしたいです！」

自分はあくまでおまけだと思っていたので、キリアンの申し出に驚いた。

だが、彼に『仲良くしたい』と言われて悪い気はしない。むしろ嬉しい限りだ。

「ありがとうございます。ならば私のこともどうぞ『ゾーイ』と」

「はい！　ゾーイ。よろしくお願いします！」

そうやってゾーイも含めた三人で話すこととなった。趣味の発表から始まり、話の幅はだんだんと広がっていく。

キリアンの趣味は押し花で、中庭で美しい花を見かけたらもらってきて、それを本に挟んで押し花にしているらしい。用紙に貼ってコレクションしているようだ。

「本のしおりも作れるんですよ。もしよかったら、今度作ってお渡ししてもいいですか？」

少し気恥ずかしそうにキリアンが言うので、思わず『ぜひ』とお願いしていた。彼も嬉しそうに頷く。

拙いながらも懸命に話すキリアンは、ヴァルゼスから見ても好感が持てるらしく、終始興味深く話を聞いている。自分の話は浅くしかしないが、それでも他の人に接するときよりは饒舌《じょうぜつ》だった。

「じゃあ、今度この城の図書保管室に連れて行ってくれ。そろそろ手持ちの本を読みつくしそうになっていて困る」

「あ……えっと……その、他の者に案内させますね。……僕、あそこの場所、苦手なんです。

ごめんなさい」

先ほどまで太陽のような笑顔を向けていたのに、キリアンは途端にシュンとなって哀《かな》しそうな顔をする。

苦手なのは、もしかしてエイデンとのことがあるからだろうか。

人通りが少なく、ほとんど人が通らない図書保管室の前の廊下。北向きに窓があるために薄暗く不気味だ。

もし、エイデンにいびられるときに、いつもそこに連れ込まれていたのだとしたら、キリアンにとっては忌まわしき場所だろう。できれば足を運びたくないという気持ちも分かる。

先日のできごとはヴァルゼスにも伝えているので、ぜひ察してあげてほしいと目で訴えかける。だが、ヴァルゼスは、ゾーイを一瞥《いちべつ》して訴えも感じ取ったくせに、あえて無視をして核心を突いた。

「お前はそこで、あのアンドレイの息子に嬲《なぶ》られていたところを、ゾーイに助けてもらったらしいな。その場所に恐怖を感じるほどに、幾度も嬲られているということか……？」

キリアンの顔が一瞬で青褪める。唇が震えて、肩が竦《すく》んできた。楽しかった気持ちが一変、暗いものに変わった瞬間でもあった。

ゾーイはヴァルゼスを睨み付けた。もう少し配慮した言い方はできないのかと、苦々しく思いながら。

だが、ヴァルゼスはどこ吹く風で、泰然とした顔で震えるキリアンを見つめていた。

「……す、すみませ」

「何に謝っている。自分の弱さが恥ずかしくてか？　それとも、こそこそと姑息《こそく》な真似をする身内の恥に対してか？」

キリアンは押し黙る。

さらに彼の顔色が悪くなっていったが、それでもヴァルゼスは続けた。

「たしかにアンドレイの息子は、救いようのない阿呆だな。本来ならアンドレイが、父として処してもいいほどだ。そこは王としてキリアンも強く言っておくべきだろう。だが……」

そう厳しい口調で言った後に一拍置いて、ヴァルゼスの声が優しくなる。

「己の弱さを恥じ入る必要はない。拒絶せず受け入れろ。認めて、そして考えろ。どうやったら強くあれるのかを。そうやって人は強くなる。最初から強い者など、いない」

俯いていたキリアンの顔が上を向き、大きく目を瞠った。何かの天啓を得たかのように顔色を取り戻し、弱々しく丸まっていた背中が伸びていく。

「大事なのは他人の評価じゃない、自分がどうありたいかだ。それに近づきたいから力を貸せというのであれば、俺はいくらでも貸そう。俺もそう教えられ、弱い自分を拭《ぬぐ》うために動いた」

それは決して楽な道じゃない。己の信じるのは簡単そうで難しくて、いつでも疑いそうになる。だからついつい誰かの評価を気にしてしまうけれど、それでは理想を見失う場合だってある。

だから、大きく背中を押してくれる人の存在が大きいのだ。

ゾーイにとっての父がそうであったように、ヴァルゼスにとって兄がそうだったように。

「人生は有限だから、もっと大事なことに頭を使った方がいいそうだ。俺の恩人の言葉だ」

ヴァルゼスのその言葉に苦しくなって、ゾーイは目を閉じた。

恩なんて、何一つ与えていない。

むしろ、ゾーイの方が貰っているばかりで何もできてはいないのに。

——『君はあの子のそばにいて何ができるの？』

そう問われたとき、何も言えなかった。

ヴァルゼスに何もできないし、今後も何もしてあげられる自信はないと、口を閉ざした。そしてバロガロス帝国を去ったのだ。

でも今、ゾーイがヴァルゼスの支えのひとつになれていたことを知る。

二人が話しているそばで、ゾーイは一人心の中で咽《むせ》び泣《な》いていた。

お昼過ぎにお開きになりヴァルゼスと部屋に帰るとき、彼は別れ際何も言わなかった。ただ熱い視線でゾーイを見ただけで自分の部屋に入っていく。

もう何も言わずとも信頼している。

そう言われているみたいで、面映《おもは》ゆかった。

部屋に入ってベッドに倒れ込み、ソワソワと刷毛《はけ》で撫でられたように、むずがる胸を手で押さえる。熱に浮かされたように頭が上手く働かず、ただずっと彼の最後に見た顔を思い出していた。

きっとヴァルゼスの熱に当てられてしまったのだ。

女性を虜《とりこ》にするヴァルゼスの毒は、自分には解毒可能だと思っていたのに、解けきれない毒がゾーイを蝕《むしば》んでいっているような気がする。

大丈夫だと思っていたのに、ヴァルゼスに抱かれたらどうなってしまうのか、今では予測がつかない。

予測ができないものは怖くて嫌で、できるならば避けていきたいとも思うけれど、それ以上にヴァルゼスを裏切るのが嫌だった。

しばらくの間心を落ち着かせた後、お風呂に入ってまた身体を念入りに洗って長湯をする。のぼせる寸前であがって、香油を塗って肌を整えて。

仄《ほの》かに自分から香ってくるラベンダーの香りを、ヴァルゼスも好きだといいなとぼんやり思いながら夜を待った。

いつもはいるはずの護衛も今日は部屋の前にはおらず、いよいよもって実感が湧いてきたゾーイは、震える手で扉を小さくノックした。

すぐ扉を開けたヴァルゼスは、無言で部屋の中に迎え入れてくれた。

彼もお風呂に入ったらしく、黒い髪がしっとりと濡れていて、軍服ではなくラフなシャツに着替えている。その姿が、昔のヴァルゼスを思い起こさせて、さらに緊張が高まった。

どこに身を置いていいか分からずに立ち尽くしていると、彼がグラスに酒を注いでゾーイに渡す。

「ウォッカだ。飲んでおくか？」

せっかくの申し出だが、首を横に振って断った。お酒の力を借りるのは何となく嫌だ。

それを受けてヴァルゼスは、何も言わずにウォッカをテーブルに置く。彼も飲むわけではないようでホッとした。

「最初に合図を決めておこう。お前が本当に嫌になったとき、俺が分かるように」

「別にそんなもの決めなくても……」

「俺は強引にでもお前を手に入れたいが、嫌われたいわけではない。欲望を剥《む》き出しにした行為の中、俺がお前を傷つけないとも限らないからな。念のためだ」

ヴァルゼスは、昨日言っていた『本当に嫌だったら止める』という言葉を、ちゃんと守ろうとしてくれる。ならばゾーイもその気持ちに応えたいと、頷いた。

ヴァルゼスの腕を三回叩く。それが止めの合図となった。

それが決まって、さあいよいよだと覚悟を決めた瞬間、強い力で抱きすくめられる。ヴァルゼスとの背の差があるゾーイの足は浮き上がり、彼の顔は肩口に埋められていた。

「――ゾーイからいつもと違う匂いがする」

「あぁ、それは、香油……ラベンダーの香りかな」

スンスンと匂いを嗅がれて恥ずかしかった。顔が真っ赤に染まっていく。

「香油……なるほど……お前が、あのゾーイが……」

ヴァルゼスの高い鼻が、肩口だけではなく髪や首筋、胸元にまで下りてきて匂いを嗅いでいった。その匂いを堪能するように深く吸い込み、徐々に吐息が熱くなっていった。

「俺のために身体を磨いてくれたわけだ……いい匂いをさせて、俺を誘って。……ずっと朝から隣で我慢していた。ドレス姿を見たときも、堪らなかったが今はそれ以上だ。俺のためにそこまでしてくれたのかと思うと……興奮する」

「……え？　えっと……そのぉ……」

その通りではあるが、本人からそう指摘されると恥ずかしくて仕方がなかった。まるでヴァルゼスとの情事に一人張り切っているようで、居た堪れなくなる。

けれど、一方で、ヴァルゼスがラベンダーの香りが嫌いじゃなくてよかったと安心もしていた。昨日から、拙いなりに頑張った成果があったということだ。

ゾーイも広い背中に手を回して抱き返す。密着した胸から、ヴァルゼスの鼓動が聞こえてきて驚いた。

──ヴァルゼスも凄くドキドキしている。

何故だろう。それが酷く安心させてくれる。

そのまま抱き上げられてベッドに連れて行かれると、ゾーイは怖くなってヴァルゼスのシャツを握り締めた。大きなベッドが、ことさら大きく見えて緊張を煽る。

「合図は三回。大丈夫だな？」

「……うん」

ベッドに降ろされて、まずはジャケットを脱がされた。

夜に男性の部屋を訪れるのに、夜着では障りがあると思い家から持ってきていた普段着を着て来たが、もう少し脱ぎやすい恰好にすればよかったかと気付いた。存外、誰かの手で服を一枚一枚剥《は》がされるのは恥ずかしい。

ヴァルゼスがゾーイを抱く準備をしていると思うと見ていられなくて、顔を逸らして手で隠す。

妙に手つきが丁寧だから困ったものだ。強引に奪ってくれれば楽なのにと、ヴァルゼスの気遣いが恨めしくなった。

「……ンっ」

シャツのボタンも外され、素肌が晒される。袂《たもと》に手を入れられて、首筋をなぞるように撫でられるとビクリと身体が震えた。彼の熱い手が、ゾーイの身体をも熱く火照らせていく。

「ゾーイ……」

彼の手が肌を滑るたびにビクビクと肩を震わせるゾーイを、キスで宥めてくれた。髪に、額に、頬に、こめかみに、鼻の頭に。その一つ一つが優しい。

下着が外され胸がまろび出る。

とうとう見られてしまったと消え入りたくなったが、ふいにヴァルゼスが手を止めてしまった。気になって彼をちらりと見ると、ジィっとゾーイの胸を凝視している彼がいる。

「……着痩せするんだな」

意外そうに言われて、とっさに胸を隠した。

「隠す必要ないだろ」

「な、何か恥ずかしい！」

今まで胸の大小は気にしたことがなかったが、ここでヴァルゼスに言われてしまうとどうしても意識してしまう。

発掘にも書き物をするにも邪魔だとしか思ってなかったが、やはり男性は大きい方が嬉しいのだろうか。もしかして、ヴァルゼスの好みは小さい方なのかと、気になり始めた。

「……胸、変？」

「まさか。服の上からじゃ分からなかったから、意外だっただけだ。こんなに大きな胸を、今まで誰にも見せずに隠していたなんてな」

「隠していたわけじゃ……」

ただこんなことをする人がいなかっただけだと、口を尖らせる。

するとヴァルゼスは胸を隠していた手を剥《は》ぎ取《と》り、片手をシーツの上で押さえ付けると、もう片方の手で乳房を鷲《わし》掴んだ。

「……あっ……ンんっ」

ヴァルゼスの指が柔肌に沈み込み、ゆっくりと揉《も》みしだいていく。

フニフニと形を変えていくそれは、持ち上げられたり押し潰されたり揺らされたりと、まるで質感を楽しむかのように弄ばれた。

「いや、これからもちゃんと隠しておけ。お前のすべては俺だけが知ればいい。他の誰かが知る必要はないからな。この胸の大きさも、柔らかさも、形も、……ここの色も」

「……ンぁっ……んンっ……そこ、は……あぁっ」

ヴァルゼスの長い指が円を描き、乳房の形をなぞる。そして『これ』と胸の頂の周りもなぞられ、指先で摘まれた。

ソワソワとしたむず痒いような感覚から、一気に強い刺激がゾーイを襲う。それにあられもない声を上げると、ヴァルゼスはニヤリと笑って、さらに頂を指先でこね始めた。

「それと感度もだな。これからさらに良くなるだろうが……初めてなのに、随分と感じやすい」

「……そんな、こと……は……あっ……あぁっ……」

キュッと摘まれて指の腹で擦られて。指先だけでいろんな種類の刺激を与えられるゾーイの身体は、快楽を得るのを止められない。

硬くしこってきた頂が、さらに敏感になってきているような気がする。ピンと張りつめてヴァルゼスが触りやすいように勃ってしまっているし、それがもっと触ってほしいと強請《ねだ》っているようにも見えた。

（生殖は人間の本能だから気持ちよくなるようになっているし、それに順応できるように身体が変化していっているだけ……だけど！）

頭ではその理屈は分かっているつもりだ。気持ちよく感じてしまうのは、人間がそう創られているからなのだと。

だが、知っているのと実際に経験するのとでは違う。もの凄い羞恥がゾーイを襲い、それが恐怖に変わっていった。

こんなはしたない身体をした自分を、ヴァルゼスはどう見ているのだろうか。あの金の瞳にどう映り、何を思うのか。

ただ、それだけが気になる。

「……うっ……ヴぁ、ヴァルゼス……」

「どうした？」

弄ぶその手を止めて、彼が顔を覗き込んでくる。気遣わしげにこちらを見る金の瞳は、ゾーイの想像とは違って優しい。ホッとして涙が溢れそうになった。

「刺激を与えれば、身体はそれに応じて変化していくって分かっているけど、でも……何か、怖い。み、皆こんな変化に耐えて、生殖行為をしているの……？」

まるで泣き言のようにヴァルゼスに縋りつくと、彼は小さく笑う。そしていつものようにくしゃりとゾーイの髪の毛を撫でて、ワシャワシャと掻《か》き回《まわ》した。

「怖いのは今のうちだけだ。そのうち、そんなことも考えられないくらいに余裕がなくなる。それに変化は怖いものじゃないだろ？　お前の身体は、俺を受け入れるために準備をしてくれてるんだ。俺はその変化の一つ一つが愛《いと》おしいよ。俺のためだけに、お前が女になっていくのは……堪らなく嬉しい」

そうか、そうなんだと、ヴァルゼスの言葉に妙に納得をした。

変化やはしたなさを今は恥じてはいけないのだ。それらはすべて、ゾーイの身体の準備運動であるのだから。ただ彼を受け入れるためだけに変化していくのであれば、悪くはない。

「一応……聞いておくけど、ヴァルゼスは私で……ぼ、勃起するの？　萎えたりしてない？」

あとはそれだけが気がかりだった。本当に大丈夫だろうか、ゾーイも何かしら興奮を煽ることをしなくもいいのだろうかと、ただヴァルゼスの愛撫によがっているだけの状況に、不安を持つ。

だが、ヴァルゼスはコツンとゾーイの頭を軽く小突いて、わざとらしい溜息を吐いた。

「いい加減自覚しろ。俺にとってお前は最高の女なんだよ。お前が、今俺の目の前で服を脱いで裸になって、身体を曝《さら》け出している。いつも、それを想像するだけでも馬鹿みたいに欲情するし、痛いくらいにここがココが張りつめる」

心臓と下腹部を指して苦笑する。確かに今、彼のトラウザーズの前張りが大きく盛り上がっていて、辛そうだ。

でも、そのくらいゾーイに欲情してくれているのだと分かると、どうしようもないほどに頬が火照った。そして近くにあったヴァルゼスの袖を掴んで、お願いをする。

「わかった。でも……私も、心臓が今凄く速くなって痛いくらいだから……張り裂けちゃう前に、終わってね？」

もしかするとあまりの緊張に、この心臓がもたないかもしれない。

早く終わって一通り経験すればきっとゾーイも余裕が出て、もう少し上手くできるかもしれないと思ったのだが、ヴァルゼスはそうはさせてはくれないようだ。

「馬鹿を言うな。欲しくて欲しくてたまらなかったお前が今、俺の下にいるんだ。時間をかけてじっくりと味わってやる。お前をあますことなく、全部。——それこそ、俺を片時も忘れられなくなるほどに」

壊れるかもしれないからと取られてしまった眼鏡は、サイドテーブルに置かれ、ヴァルゼスの顔がゾーイの胸に沈む。

先ほどまで指で遊んでいた胸を今度は口で愛《め》でるようで、大きく開けられた口の中に桃色の頂が消えていった。乳暈ごと食まれ唇で甘噛みをされ、口が動くたびに頂の先が舌を掠り、その新たな濡れた感触にゾーイは身体をくねらせる。

「あぅ……あっ……ふっ……ぅン……ンんっ………あぁっ！」

そうこうしているうちに、今度は吸われるというまた新たな刺激に喘《あえ》ぎ、シーツを握り締めた。

ただ触るだけではない、ただ舐めるだけではない。愛撫の多様性と刺激の多さを知る。

ひとつひとつ感じ方が違うのに、すべてが気持ちいい。身体がヴァルゼスの与える刺激を快楽として受け入れて、脳が快楽物質に侵されていくのを感じた。

胸を揉みしだかれ、ギュッと虐《いじ》めるように頂《いただき》を指で引っ張り上げられる。

痛みを伴うはずのそれは、不思議なことに気持ちよくて腰が震えてしまうのだ。そのあとにジンジンと腫れたそこを舐《ねぶ》られると、ことさら敏感になって声を上げた。

ここが気持ちいいだろう？　ここも、ほら。

そう言わんばかりに、ゾーイが気持ちいいところばかりを責めるヴァルゼスは、その手を休めることはしてくれない。言葉の通り、ゾーイの思考は徐々に奪われていって、先ほどまでごちゃごちゃと考えていたものが、解けていくようだった。

首筋や脇腹、臍に背中。触られてくすぐったいだけのそこが、ヴァルゼスの熱い手が触れるとくすぐったさの中に気持ちよさが混ざってくる。

まるで魔法のようだ。指先から快楽の種を蒔《ま》かれて、触れるたびにその種が芽吹いていっているような気がした。そして仕上げに唇で触れて花を咲かせる。

時間をかけてじっくりと全身に快楽の花を咲かされたゾーイは、火照った身体をシーツの上でくねらせた。

内腿《うちもも》を擦られながら、胸の頂を口に含まれて舌でねっとりと嬲られると、触れられている個《か》所《しょ》同士が繋がったかのように快楽が呼応していった。徐々に足の付け根の方へと手が上っていき、より一層ゾーイは敏感に快楽を拾うが、それ以上は奥には触れてこない。

もう全身あますことなく触れられたというのに、唯一触れられずにいる箇所。愛液がじんわりと溢れ出るたびに、もどかしさがゾーイを苛む。

下腹部に熱が集まってジンジンする。足を動かすたびに、股の間でくちゅりと水の音がしてきている。

下着がもうその役目を果たせていないほどに、そこはしとどに濡れそぼっていて、行き場のない熱で秘所が熟れていた。

「……ひぁ……あ、あ……あぁ……んぁ……」

もう少しなのにと、恨めしい気持ちでヴァルゼスを見やる。もう秘所に触れて、あとは一気に挿入まで持ち込んでくれればと願うが、彼はまだまだ焦らすつもりだ。

本当にじっくりと時間をかけてゾーイを味わうつもりのようで、もうずっと手と口での愛撫が続いている。こちらはもう息も絶え絶えといった感じなのに、肝心なところがまったく触れられないなんて。

「ヴァル……ヴァルゼスぅ……もぅ……さわってぇ……」

このずっと下腹部に渦巻いている熱を、どうにかしてほしい。疼きが強くなっていくにつれて苦しさも増していき、どうしたらいいか分からなくなる。

とにかく先に進んで欲しくて、むずがるようにヴァルゼスにお願いをすると、ゾーイを見ながら彼は眉根を寄せて熱い吐息を吐いた。

「どこ……触ってほしい？」

そう問われて、ゾーイは腹の下の方に手を置き、熱に浮かされるがままに答えた。

「……ここ……いれる……ん……でしょ？　……もう……いいから……もう……いれていいからぁ……」

こんな身体の芯から蕩けるような愛撫、初心者にはハードすぎる。

もう十分にゾーイの身体は準備できているし、ヴァルゼスも味わい尽くしただろう。『挿入れてほしい』など、平素では恥ずかしくて言えないような言葉も言ってしまうほどに、ゾーイは限界を感じていた。

「まだだ、ゾーイ。ここに挿入れるには、今度は中を解さないと」

「……えぇ……うそぉ……ひゃっ……あンっ……んんっ」

表面の愛撫で身体全身を解した後に、今度は身体の中を解《ほぐ》す必要があるらしい。

下着の上から秘所を撫でられたゾーイは、まだ準備が必要なことに驚きながら、ようやく疼くそこに触れられて悦《よろこ》んだ。直接的な刺激で、下腹部の熱が少し発散されていく。

情事がこんなにも時間がかかるものだとは知らなかった。性器と性器を繋げるだけの行為にこれほどの時間と労力を使うとは、思ってもみなかったのだ。

それに、恐ろしいほどに頭の中がかき乱される。ヴァルゼスの言う通り、何も考えられなくなるほどに頭が快楽を追うことにいっぱいになり、彼しか見えなくなった。

下着を取り払われ、足が大きく開かれる。

ヴァルゼスの金の瞳に秘密の場所が映っていると思うと、さすがに我に返り恥ずかしさで足を閉じようとした。もちろん、それは許されずに強く押さえ付けられる。

「……なるほど。ここがこんな状態になっていれば、どうにかしてほしくて仕方がなくなるのも頷ける。こんなに涎《よだれ》を垂らしてほしがって……可愛いな……お前は」

「か、可愛くないよ！」

秘所が濡れているのも、挿入してほしいと強請ったのも、ここまで追い詰めたヴァルゼスのせいだ。

『可愛い』と言われて心がキュンとときめき、それに反応するようにまた愛液を滴らせるのも、ヴァルゼスがゾーイを煽るから。

ゾーイの反応を見て喜ぶ彼が、心と身体を高揚させていくのだ。

「……ふぅ……ンっ……あっ……あぁ……あっ……」

ヴァルゼスはゾーイの足を肩に乗せてじっくりと間近で見ながら、秘裂に指を這わせる。滑りを十分に帯びたそこは、指の動きに合わせてくちゅ、くちゅと卑猥《ひわい》な音を立て、ちょっと指を押し込んだだけでも、簡単に中に迎え入れそうなほどに蕩けていた。

「可愛いさ。ほら、こんなにもトロトロになって……健気《けなげ》にも懸命に俺を受け入れようと準備している」

「ひぁっ……ンっ……あぁ……あっ……ふ……ぅン……」

指が愛液を塗り込むように媚肉を擦り、ゆっくりと中に侵入していく。

少し沈んでは抜かれ、また沈んでは抜かれと、小さく抜き差ししながら犯されていくゾーイの隘路《あいろ》。たった一本の指なのに違和感が凄くて、身体を震わせながら何とか受け入れていった。

先ほどまでの蕩けるほどの快感はない。膣壁を擦られると確かに快楽の一端のようなものは見え隠れするが、やはり異物が身体を抉じ開《こあ》ける感覚の方が強くて熱が冷めていく。

それに気付いたのかヴァルゼスは一旦指を抜いて、再び秘裂に指を添える。そしてそこを割り開いて、今度は顔を近づけてきた。

「……あぁっ！　……うそ……なに？　……ぁっ……そこ……いやぁっ！」

突然ざらりとした舌の感触と共に、身体が跳ね上がるほどの鋭い快楽が襲ってきて悲鳴を上げる。ヴァルゼスが陰核に舌を這わせ、そこを舌先で弄《いじ》っていた。

そんな場所を舐められているというだけでも衝撃的なのに、さらにこの恐ろしいほどの快楽。ゾーイを困惑させるのには十分だった。

「そ、そんなとこ……なめちゃ……ヤダぁ……っ」

逃げようと腰をくねらせるが、そうはさせまいとヴァルゼスの手が、お尻をしっかりと掴んで離さない。どうにかしてと、その掴む手に触れて懇願するも、さらに舐《ねぶ》りが加速するだけだった。

「舐めて中を解すんだ。俺のモノを受け入れられるように……ゆっくりと優しく開く必要がある……だろう？」

舌が陰核を撫でるたびにとろとろとした蜜が奥から溢れ出る。ヴァルゼスはそれをも舐めては啜《すす》り、ゾーイを味わいつくしているようだった。

そして、舌は膣の中にまで差し込まれる。

先ほどの指よりも肉厚で大きい舌が膣壁を擦ってくる。やはり異物感はあるが、指よりも柔らかい分先ほどよりも和らいだ。

ただ今度はそれとは別に、指が陰核を刺激し始めたのだ。それによって隘路の中の異物感が強烈な快楽によって上書きをされてしまい、また熱が身体の中で荒れ狂う。

うねうねと中を舌が縦横無尽に動き回っている。

先ほどまで得られる気持ちよさは少しでしかなかったのに、陰核から流れ込む快楽と繋がったのか、徐々にそこへの愛撫にも翻弄されるようになっていった。

根元まで舌を差し込まれ入り口部分を大きく開かれると、満足したかのように舌を引っこ抜かれる。ヴァルゼスは愛液と唾液で汚れてしまった口元を手で拭い、ちらりとゾーイの顔を見てきた。

きっと酷い顔をしているのだろう。顔を真っ赤にして焦点の合わない蕩けた目をして、口はだらしなく開いて。

眼鏡がなくてヴァルゼスの表情が、ここからでは見えないのが幸いした。

「……ヴァル……ゼス……もう……むり……」

「合図は決めたはずだが？」

嫌なら三回叩け。そうすれば終わると彼は確認してくる。

別に今ここで終わらせたいわけではないので、ゾーイは首を横に弱々しく振って答えた。終わるにしても早く本番まで辿り着いてほしい。ただ、それだけだった。

「ちょっと虐めすぎたな」

ちょっとどころの話ではない。まだ挿入にも至ってないのに準備段階でこんなにもゾーイを翻弄して、いったいどうするつもりなのだろう。知らなかった快楽をこれでもかと叩《たた》き込《こ》まれて、女の悦びを教えられて。

もう、ゾーイの中は、ロスト・ルーシャが入り込む余地もないほどに、ヴァルゼスでいっぱいだ。

「そろそろ俺も限界だが、もう少しここを解しておこう。なるべくなら痛みは少ない方がいい」

再び指を差し込まれ、ゾーイはまた喘ぐ。

舌のおかげで随分と柔らかくなったそこは、今度は指を二本入れても大きな抵抗はなかった。むしろ指が膣に馴染《なじ》むのが早くて、戸惑うほどだ。

「……あぁ……あっ……はぁ……あっ……ン……あぁ……」

今度は異物感よりも気持ちよさが勝り、指でも快楽を得られた。それどころかどこをどう擦られるとさらに気持ちいいのかすら分かってくる。特に少し奥の上の方を重点的に責められると、よがり狂った。

ゾーイの様子をつぶさに観察しているヴァルゼスも、その弱いところは分かっていて、緩急をつけては何度もそこを虐めてくる。指を三本まで増やされ、小刻みにそこを刺激され続けると、ゾーイの中でばらばらになっていた快楽が塊になり、膨れ上がっていった。

ぐちゅ、ぐちゅと愛液を滴らせて、とろとろと柔らかくなったゾーイの秘所は、もうヴァルゼスの雄を受け入れられるほどになっている。指を咥《くわ》えこむ媚肉もきゅうきゅうと締め付けて、その先を強請っていた。

ヴァルゼスが指を引き抜き、自分のトラウザーズのベルトを外し、前を寛《くつろ》げる。下にずらした下着の奥から大きくそそり勃った彼の屹立《きつりつ》が現れて、ゾーイはごくりと息を呑んだ。

眼鏡がなくとも、ヴァルゼスのそれが凶悪なものだと分かった。

怖いもの見たさでそれを間近で確認したい気もするが、やはり興味より恐怖の方が大きくて考え直す。おそらく興味本位で見てしまったら、逃げ腰になってしまうような気がする。

「……そ、それ、本当に私の中に……挿入《はい》る？」

ヴァルゼスが手に持ってもそれはずっしりと重そうで、そして大きそうだ。今、開いたばかりのゾーイの中に、果たして入るものなのか。

「大丈夫だ。そのために時間をかけて解しただろう？」

なるほど。あの泣きが入るほどの長い前戯には、ゾーイを虐める以外にもそんな目的があったのかと納得した。たしかにこれならば、入念な準備は必要だと。

腰を持ち上げられ、ヴァルゼスの屹立の穂先がゾーイの秘所にぴったりとくっつけられる。それは火傷《やけど》しそうなほどに熱くて硬くて。ゾーイは驚き顔を赤らめて、胸を高鳴らせた。

「……いいのか？　ゾーイ。ここ、三回叩かなくて」

先ほどまでの悦楽に濡れた声とは打って変わって、静かで真摯な声が聞こえてくる。ゾーイはハッとしてヴァルゼスを見ると、彼は穂先を動かして焦らすように秘裂に擦りつけた。

「ほら……今止めないと、このまま挿《い》入れてしまうぞ……？」

「……ふぁ……ン……ん……」

ここが最後の砦《とりで》だとヴァルゼスは言う。それは優しさなのか、それとも彼の中にある迷いなのだろうか。

だが、ゾーイはまた弱々しくだが首を横に振る。今さらもう止まれるわけがなかった。

その先を知りたい。ゾーイのすべてがヴァルゼスに味わいつくされたらどうなってしまうのか、知りたいと胸の奥で何かが疼く。

そして心のどこかで、黒い染みを落とすように思うのだ。

──きっと、もう、ヴァルゼスが帰ってしまえば終わってしまうのだから、と。

二人の中にもう先がないと分かっているから、ゾーイは取引という建前をもってしてその腕の中に飛び込んだ。

唯一の友達、ゾーイの理解者。こんな自分を好きと言ってくれて、追いかけてくれた奇特な人。でも大切で、絶対に幸せになってほしくて仕方がなくて。

それはバロガロスにいた頃から変わっていない、ゾーイの本心だ。

だから、それがいっときでもゾーイが彼に幸せを与えられるのであれば、本望だった。

「……いいよ、ヴァルゼス」

熱い視線とともに覚悟の言葉を告げると、ヴァルゼスは一気に雄の顔に変えて、歯を剥き出しにしてニヤリと笑う。これからさぁ食らうぞと言っているようで、ゾクゾクした。

痛いくらいに伝わってくるヴァルゼスの興奮が、ゾーイをも興奮させる。

二人とも理性を取り払って互いを貪る獣となった瞬間でもあった。

「…………あぁっ！　……あ……あ……ひっ……ンぁ……」

ヴァルゼスの屹立がゾーイの中に侵入し、その大きさと熱さにあられもない声をあげた。自分の身体の中が抉られ貫かれる感覚は、ゾーイを苛む。

やはり破瓜《はか》には痛みを伴った。

だが、ヴァルゼスの努力のせいか激痛というほどでもなく、鈍い痛みが最奥を穿《うが》たれるまで続く。それ以上に圧迫感が凄くて、腹が突き破られるのではないかと不安になった。

「ひぁっ……あンっ！」

じっくりと挿入れられて、最後は膜を突き破るように一気に穿たれる。ヴァルゼスの屹立をすべて咥えこんだゾーイは、その苦しさに喘いだ。

「……ハハっ……凄いな。本当にゾーイが俺のものになった」

しばしそのままの状態で動かずにいたヴァルゼスが、信じられないと笑う。くしゃりと歪めて、泣きそうな顔をして。

それを見たゾーイの心臓は大きくうねりを上げて弾み、ブワっと沸き上がるような高揚感が身体中を満たしていく。秘所もゾーイの気持ちに呼応するようにキュンと疼いて、堪らず彼の首に抱き着いた。

ヴァルゼスって、こんな顔する人だったんだ。

今まで知らなかった顔に、ときめきが止まらない。

照れたときも可愛いと思ったりはしたが、その比ではない。いつもの冷静沈着で澄ました顔の彼が、ゾーイの前ではこんなになってしまうのだ。嬉しくないわけがなかった。

ゾーイが抱き着いたのを皮切りに、ヴァルゼスが動き始める。

指でしつこいくらいに責めていた弱いところを屹立でも擦られて、ジクジクとした痛みが快楽にとって代わられる。さらに、指では届かなかった奥の方でも気持ちよさが生まれてきて、ヴァルゼスの腰が動くたびに啼《な》いた。

「……あぁ……あっ……あっ……くっ……ンぁあっ……ンっ……ンんっ」

こんなはしたない声を上げて悦んでいる自分を、ヴァルゼスが見ている。肘をついて顔を覗き込んでくる彼は、ゾーイの快楽に溺れた表情を楽しんでいるようだった。

ゾーイも涙を溜めた灰色の瞳で見返す。腰の動きが早まったような気がした。

「……ヴァルゼスぅ……なんか……これ……ンっ……すごい……」

上手く言葉にできなかった。ヴァルゼスに抱かれることも気持ちいいし、彼が自分に夢中になってくれているのも分かって嬉しいし、何だかよく分からないけれど多幸感が凄い。

理知的な言葉も紡げず、理性もなくなって感じるがままにヴァルゼスに伝える。すると、彼も切羽詰まったような声を上げて、ゾーイの頭に頬擦《ほおず》りをした。

「……あぁ……本当に、凄いな……」

ヴァルゼスもこの多幸感を味わっているのだと思うと、嬉しくて仕方がない。

膣壁を大きなもので擦られて、身体の奥まで貫かれて。何度も何度もゾーイの中を犯し、快楽を教え込まれる。

素肌と素肌の触れ合いがこんなにも心地いいこととか、人間の性感帯はあらゆるところにあるのだとか、ただ身体を繋げるだけではなくて心まで繋がるのだとか。

ただの生殖行為、人間の種の保存のための本能と思っていたものが、こんなにも温かくて尊いものだと思わなかった。

「――ゾーイ……ゾーイ……」

名前を呼ぶヴァルゼスの声が、いつもより特別に聞こえる。心の底から求められているような感じがして、それに応えたいと拙いながらも名前を呼んだ。

「……はぁ……あっ……ヴァル……ひぁっ……ヴァルゼス……ヴァルゼスぅ……」

涙が零《こぼ》れ落《お》ちる。切なくて苦しくて、この胸が今にもはち切れそうだ。

「……はぁ……ゾーイ……このまま出すぞ」

「……え？　あっ……あぁっ！　ひゃぁっ……ンぁ……あぁっ！」

耳元で囁かれたかと思うと、ヴァルゼスは上体を起こしてゾーイの腰を掴んで激しく動き始めた。中で動いている屹立も質量を増して、容赦なくゾーイを突きあげる。

壊されそうなほどに動かれて揺さぶられて。その激しさにどうにかついていこうとシーツを握り締めるも、下腹部に増していく快楽で身体に力が入らなくなっていく。

気持ちよさが全身に波及していくように背中からゾクゾクとしたものが駆け上がり、頭の中

が真っ白になっていった。おそらくこの先にあるのが絶頂なのだと、ゾーイは気付く。その高みを目指してヴァルゼスが動き、ゾーイの秘所もそれに合わせて屹立を扱《しご》くように締め付け始めた。それによってさらに追い上げられる。

ヴァルゼスが強く腰を打ち付けて最奥を抉ると、一気に強い快楽が押し寄せてきた。

「……あぁっ！」

腰がビクビクと震えて中で何かが弾けると、あられもない声を上げて絶頂する。頭の中が蕩けてすべてがすっ飛んでしまいそうなほどの熱が、ゾーイを愉悦の波へと誘っていく。

ヴァルゼスもゾーイの絶頂に合わせるように吐精をし、びゅくびゅくと腰の動きに合わせて吐き出される精が何度もゾーイを穢《けが》した。眉根をきつく寄せて射精の快楽に感じ入っているヴァルゼスは、喘ぐように熱い息を漏らす。

その姿が煽情《せんじょう》的で、いまだ引かぬ熱に喘ぎながら、見入ってしまっていた。

——あぁ、どうしよう。

ゾーイは戸惑う。

きっと大丈夫だと思ったのだ。取引だと割り切って、ただ身体だけの繋がりであれば友達の線引きは変わらないと高をくくっていた。

だが、そんな浅はかな考えを塗りつぶすように、ヴァルゼスがゾーイの中に深く入り込んできた。きっと味わいつくしてしまったのはゾーイの方だ。今まで知り得なかったヴァルゼスを知り、それに病みつきになってしまっている。

ゾーイの中で何度も何度も芽吹くたびに摘んできた感情が、身体を重ねたことで大きく育ってしまったのだ。もうどんなに引っこ抜こうとも、恋の花は大輪を咲かせている。

欲を出し過ぎた。

キリアンのためという大義名分があったとは言えども、もう会えないと思っていたヴァルゼスの深いところまで触れてみたいと、あのときゾーイの恋心が鳴いたのだ。

叶わぬのであれば、せめて思い出を。

（――ああ、きっと離れるとき、もっと辛くなるんだろうな）

以前よりももっと離れがたく苦しい別れが待っていると、ゾーイはそのときを思って一粒の大きな涙を零《こぼ》した。

◇◇◇

ヴァルゼスとはずっと一緒にはいられない。ましてや、男女の仲になるなど、許されないのだ。

　そう現実を突き付けられたのは、ヴァルゼスと出会って一年後のことだった。

　研究所の隅で遺物の測定をしていたとき、所長がやってきてついてくるようにと言ってきた。何か新たな仕事を任せられるのかと、ワクワクして一緒にある部屋に入ったゾーイの期待は裏切られる。

　そこには背の高い、流れるような長い黒い髪を持った男性がいたのだ。ソファーに悠然と座りゾーイを迎え入れたその人は、ヴァルゼスと同じく金の瞳を持っていた。

「初めまして、ゾーイ・エスカフロリア。どうぞ、そこに座って」

　所長がそのまま場を辞して、一人残ったゾーイに彼は目の前のソファーを勧める。警戒心を抱きながらも素直に座った。

　ゾーイの予想が正しければこの人は、ヴァルゼスに近しい人だ。髪や目の色も同じだし、顔立ちも似ている。ただ、こちらの男性の方がやや中性的で、柔らかな面立ちだ。

　もしかすると噂のお異母兄《にい》さんだろうか。でも、自信がなくてはっきりとは聞けない。

「私が誰だか、分かるかい？」

「……ヴァルゼスの、お異母兄さん、ですか？」

「やっぱり、初対面でもすぐに分かるんだね。あの子と似ているところがあるのかな？」

たしかに似てはいるが、表情が全然違う。ヴァルゼスはこんなににこやかに笑わないし、声ももう少し低い。血の繋がりは感じるには感じるが、兄弟でも性格は違うようだ。

ゾーイが兄の顔を見るように、あちらもゾーイをじっくりと観察している。上から下まで。まるで値踏みをするように、目を細めて。

その視線は居心地のいいものではないし、突然呼び出された理由も分からない。

とにかく目的が知りたくて、ジィっと兄のその目を見つめ続けた。

「じゃあ、ヴァルゼスがどんな立場かは？」

「どんな立場って……大佐と聞いていますが」

この人は何が言いたいのだろう。

怪訝《けげん》な顔をしていると、彼はプッと噴き出して笑う。ケラケラと声を出して笑う姿は、本当にヴァルゼスと兄弟とは思えない。

「なるほど。とぼけているのかそれとも本気なのか。君は判別つけづらいねぇ。でも、本当にあの子の正体に気付いていないのであれば、私のことなんてヴァルゼスの兄という肩書以外知らないんだろう？」

「社会的地位が高いのは知ってます。それに彼とは腹違いだと」

「そう……」

彼はまた楽しそうに笑う。何が面白いのか、ヴァルゼスの何をゾーイに教えたいのか。回りくどい話しかせずにただ笑う彼に、そこはかとない恐怖を感じて、ますます警戒を強めた。

ヴァルゼスから兄の話を聞いたのはそれほど多くはない。知っているのは先ほど言ったことくらいだ。あと、時折、兄には複雑だが世話になっている部分もあると。

だが、ヴァルゼスの味方がゾーイの味方とは限らない。

出方が分からない今、下手なことは言えずに、ただ押し黙って睨み付けるように見つめた。

「では、改めて自己紹介をしよう、私はデットリック・アン・バロガロス。――この国の皇帝だ」

とても大切なことを、あっけらかんとした声で言われたので聞き逃しそうだったが、目の前の人物がいったい何者なのかが分かり、飛び上がった。

ということは、ヴァルゼスは皇弟？　まさか、と信じがたい気持ちで息を呑む。

「で、でも……彼は『ウェイズ』と名乗っていて……」

「そう。母方の姓を名乗っているんだ、あの子は。だが、私の腹違いの弟というのは周知の事実だし、私も認めている。ヴァルゼスはそうではないけれども」

デットリックは困ったような顔をする。

だが、困ったのはゾーイの方だ。そんな大事なことを知らされず、そして知らずにヴァルゼスと一緒にいたなんて。

何故、と疑いたくなったが、思いとどまる。

ヴァルゼスが敢えて隠したのは、きっと以前言っていた縁故出世によるやっかみが原因だ。だから母方の姓を名乗っているし、積極的に素性を明かそうともしない。ゾーイも自ら語ろうとしない彼に配慮して聞かなかったのもある。

驚きはしたが、妙に納得できたところもあった。

「ヴァルゼスはね、私たちの父がお気に入りの娼婦《しょうふ》を孕ませてできた子だ。もちろん、母親が娼婦なわけだから出自自体を疑う声は多いが、顔は父にそっくりだからね。それを知っている私には疑う余地もなかったよ。それにあの人は、お気に入りは独り占めしたい人でね。彼女の時間を買い占めて誰も客を取らせないようにし、足繁く通っていたよ。それこそ、私の母が愛想を尽かすほどにね」

知る人ぞ知る、有名な話だよ。デットリックは表情を硬くするゾーイに、こともなげに言う。

「父が戦争で他国に赴き、三年ぶりに彼女の元に行ってみれば、ヴァルゼスがいた。病気で臥せって余命いくばくもない母親を、小さいながらに懸命に看病していたらしい」

初めて聞くヴァルゼスの肉親の話、そして幼少期。ゾーイは静かに衝撃を受けていた。彼が

『卑しい出自』と自分を貶めていたのは、そういう理由だったのかと。

「ほどなくして母親は亡くなり、ヴァルゼスは身寄りのない子になった。だが、父は母の手前あの子を引き取ろうとはしなくてね。なかったことにしようとしていた。だから私がヴァルゼスを引き取ったんだ。そのせいか、あの子は弟というより我が子に近くてね。可愛くて仕方がない」

だが、ヴァルゼスには救いの手を差し伸べてくれる人がいた。

デットリックの目がヴァルゼスを語るとき愛情を示すかのように和らぎ、可愛いというその言葉に偽りがないと分かる。

ヴァルゼスがしきりに『兄に世話になっている』と口にするのは、こういう経緯があるからだ。ただ、それを語るとき複雑そうな顔をするのもまた、母が娼婦である以上に複雑な事情があるのだと知る。

「まぁ、今も昔も煙たがられている節はあるけれどね。でも、あの子がいわれのない中傷で傷ついたのであれば癒してやりたいし、ましてや本当に身体に傷がついたのであれば守ってやる。心身ともにあの子には健やかでいてほしい。露払いは私の仕事の一つだと思っていてね。よく過保護だと言われているよ」

「じゃあ、もしかして、ヴァルゼスの長期の休養を命じたのも陛下ですか？」

「そうだよ。腹に傷を負う大怪我をしたんだ。当然だ。心身ともにちゃんと休まないと」

なるほど。ヴァルゼスが、なかなか復帰の許可が下りないとぼやくわけだ。軍のトップたるデットリックが否やと言えば、ヴァルゼスも他の誰もがそれに逆らえない。

過保護と自覚しているとはいえ、もう成人している彼にはその愛情は多少重すぎるような気がする。だから、ヴァルゼスも煙たがってしまうのだろう。もう保護されるような子供ではないと。

きっとこうやってゾーイに会いに来ているのも知ったら、嫌な顔をするような気がする。

眉間に皺を寄せて、苦虫を噛み潰したような顔をするヴァルゼスの顔が容易に思い浮かんだ。

「それでね、ゾーイ。私はずっとヴァルゼスに君のような人がいるって、知らなかったんだ。図書館で密かに逢瀬を重ねていたようだけれどね」

「逢瀬ではありません。ただの友人として……」

「そうだとしても」

ゾーイの否定の言葉に被《かぶ》せるように、デットリックが強い口調で遮る。スッと冷ややかになった彼の瞳に、敵意のようなものを感じて、背筋に氷が落とされたように悪寒が走った。

「……そうだとしてもね、男女が密会を重ねる、それを世間はどう見るだろう。ましてやあの子は皇弟としての身分がある。身分も地位もない、しかも異国の女性と、愛を育《はぐく》んでいると周りが知ったら？　今まで散々出自で辛い思いをして、さらに傷まで負ったあの子に浴びせかけられる言葉や評価はどうなるか……君も想像できるだろう？」

ガドナ国は比較的身分に厳しくなく、他国のように貴族制があるわけではない。それゆえ結婚などは自由だが、バロガロス帝国はそうはいかない。貴賤ははっきりしているし男尊女卑も意識も強い。

想像は容易だった。

「今のあの子の立場を盤石なものにするには、身分のある家の女性との結婚が必要だ。それは分かるね？」

ゾーイはゆっくりと頷く。

「だから、今はそうではないのかもしれないけれど、万が一君たちが男女の関係になってしまったら、それは許されないことだよ？　必ずその関係はヴァルゼスを苦しめる。よしんば結婚までできても、彼をさらなる誹謗《ひぼう》や中傷に晒すことになるんだ。そうなったとき——君はあの子のそばにいて何ができるの？」

膝の上に置いた手をギュッと握り締め、その問いの返事を探すも出てこなかった。ただ、何もできないと愕然《がくぜん》とするだけだ。

他人の評価は気にしない。

だが、それは自分に限ったことで、それがヴァルゼスにまで及ぶのであれば話は別だ。ゾーイの存在がヴァルゼスの評判を貶めるのだと言われれば、何も反論できない。

純然たる事実だった。

「……お前、また何も食べずに研究していたのか？」

ここ数日、図書館へは行かずに家と研究所の往復のみに終始していたゾーイを、心配したのだろう。突然、ヴァルゼスが家に訪ねてきた。

何も告げずに図書館に行くのを止めたので、当然の結果だ。

だが、ヴァルゼスは、それを研究に没頭していたからだと勘違いをしていた。片手に食料が入った袋を持ち、呆れたような顔をしている。

本当はヴァルゼスに会いたくなかった。まだデットリックに言われた言葉が、自分の中で消化できずに混乱しているので、考えが固まるまでは図書館に行くのはやめようと思っていたのだ。

「その顔……寝てもいないな？　目の下のクマも酷過ぎる」

大きな手で顔を包み込まれ、顔を近づけられる。

いつもされていることなのに、何故かドキリと胸が高鳴った。身体中の血が一気に顔に集中して、耳までもが熱くなる。何度も瞬きをしては、自分のその変化に戸惑った。

「どうした？」

顔を掴まれたまま固まるゾーイを、不審そうにヴァルゼスがさらに顔を覗き込んでくる。それに驚いてビクリと肩を震わせたゾーイは、一歩足を退かせた。

その際、踵が床に置いていた本に引っかかり、後ろに転倒しそうになる。それを咄嗟《とっさ》にヴァルゼスが腰を引き寄せて助けてくれて、思わず抱き寄せられる形になって見つめ合った。

「そんなフラフラになるまで根詰めたのか？　本当にどうした？　何かあったのか？」

「……本当、どうしたんだろうね」

いつもと同じやり取り、いつもと同じ距離なのに、ゾーイの心臓だけが違っていた。異様に速く脈打って、胸を締め付けている。

自分でも驚くほどに動揺していたのだ。

「ほら、食べ物持ってきたから、一緒に食べるぞ。仕事で何かあったのなら話も聞いてやる」

「……ありがとう」

ゾーイの様子を怪訝に思いながらも、それを空腹と寝不足のせいだと決めつけたヴァルゼスは、部屋の中に入ってくる。相も変わらず本が散乱している部屋を、少しずつ片付けながらテーブルの上に荷物を置いた彼は、袋の中から食べ物を取り出した。

「まずはこれでも食べろ」

そう言って渡された林檎《りんご》は、真っ赤に熟した美味《おい》しそうなもので、スンと鼻を鳴らすと芳醇《ほうじゅん》な香りがする。遠慮がちに齧《かじ》ると、咽喉が潤うほどにみずみずしくて甘かった。

ゾーイに潤いを与えてくれて、一口で幸せな気持ちになるくらいに甘くて。いつでも手の届くところにいるのに、もしもいなくなってしまったらと考えると寂しくなる。

まるでヴァルゼスのようだと、ふと思った。

食べるのを止められない。

「よほど腹が減っていたようだな。いったい、ここ数日、何を食べて過ごしてたんだ？」

「……ヒマワリの種」

「……ゾーイ」

「ごめんなさい……」

胡乱な目でヴァルゼスに見つめられ、ゾーイは頭を下げて反省するしかなかった。

正直、ヒマワリの種ですらもほとんど食べた記憶がない。とりあえず、気が向いたときに水分は口にしていたが、空腹すら感じないほどに悩んでいたのは確かだ。眠りも浅かった。

だが、日中は嫌に目が冴えて、仕事がはかどるほどに頭ははっきりしていたが、デットリックに出された問いの答えは出なかった。

所詮は学者バカ、財産もない平民。ヴァルゼスが窮地に立たされたとき、ゾーイにしてやれることはない。むしろ重荷になる可能性の方が高いのに。

「ソーセージでも食べるか？　ポテトもテイクアウトしてきたが、食欲は？」

友人としてもよくしてもらっている。

こんなずぼらでどうしようもない女、面倒を見るのは大変だろうに、ここまで迷惑をかけても見捨てずにいてくれる。

ヴァルゼスは優しすぎるのだ。優し過ぎて、胸が苦しくなるほどに。

「……食べたくないか？」

「ううん。食べる」

その優しさに触れるたびに、ゾーイは救われてきたのだ。

ゾーイだって、ヴァルゼスのためにできることをしたい。

それは友人という立場であってもいい。どんな立場であったとしても、ヴァルゼスの近くにいて、彼と繋がっていられるのであれば、それで……。

フライパンを取り出し、ヴァルゼスが買ってきてくれたソーセージを焼く。彼はその隣で林檎を齧りながら、ゾーイを見下ろしてきた。

「それで？　どうした？」

「何が？」

「忙しかった……ってだけじゃなかったんだろう？　元気がない。お腹が空いても寝不足でも、お前は元気だけは失わない奴だ。だから、何か悩んでいると思ったんだが、俺の思い違いか？」

心配そうな目をこちらに向けている。疑問符をつけているが、ほぼゾーイの様子が変だと分かって聞いているのだ。ヴァルゼスの目は鋭く、欺くのは難しい。

「……思い違いじゃない。ずっと悩んでる」

正直に言うと、彼は少しこちらに乗り出す。

「俺に話してみるか？」

「と言うか、ヴァルゼスのことだよ。私の悩みって」

「俺……？」

眉根を寄せて訝《いぶか》し気な顔で聞き返す彼を、ゾーイもまた見つめ返した。

こちらはもう知っているんだぞとばかりに灰色の瞳で睨み付けると、ヴァルゼスは少し気圧《けお》された様子で首を傾げている。ゾーイが何を言わんとしているか、心当たりがない様子だ。

「いつか話してくれるつもりだった？　自分が皇帝の弟だって」

「……聞いたのか」

「偶然、耳に挟んだ」

機嫌を損ねたくなくて、デットリックと会ったことは言えなかった。ただ偶然に耳にしてしまったと、端的に答える。

だが、ヴァルゼスは顔色一つ変えなかった。申し訳なさそうにするわけでも、怒った様子もなく、いつも通りの顔でいる。

「悪い。知らなくて済むのであれば、そのまま知らずにいてほしかった」

ただ、その声だけは、いつもよりも小さくて掠れていた。

「私とは、そういう地位とかいうものなしで、ただ対等でいたかった？」

「そうだな。お前に『殿下』と傅《かしず》かれるのは、ごめん被りたい。俺自身、あいつの弟であることに、抵抗を感じているしな」

「ヴァルゼス自身も、自分の出自を疑っているの？」

「そこまで聞いたのか……。どちらだっていい、とは言えないな。確証はない。知っているのは俺を生んだ母だけだ。それでも、兄は俺を弟として扱う。皆が疑いの目を向ける中な。それはありがたいと思う反面、窮屈にも感じる。俺は俺の力で立ちたいのに、デットリックはそれを許さない。そしてそれを周りは疎ましく思う。そういう負の輪の中に、お前にはいってほしくないんだ」

それは深い、ヴァルゼスの根幹に根差す問題だ。いまだに彼自身が答えを出せずに、戦い続けているのだろう。

だから、ゾーイには側にいても、負の部分には触れずにいてほしかった。それはヴァルゼスの静かな願いだったのだろう。

「私がヴァルゼスの正体を知ったら、疎ましく思うって思ったの？」

「以前とは同じ関係ではいられなくなると……。俺は、お前を失いたくはない」

太腿の横で握り締められた手は、力が入り過ぎて白くなっていた。平然としているのは顔だけで、その胸の内は緊張して荒《あら》ぶっているのかもしれない。

ゾーイ相手に、こんなにも心を張りつめさせている。

そんな彼を見ていたら、どうしようもなく抱き締めたくなった。自分も同じ気持ちだと思いを乗せて、その心ごと抱き締めたいと思ってしまっていた。

それはもう、友情から逸脱した、特別な感情で。

（――あぁ、そっか）

ゾーイの中で一気に咲き綻びた恋の花は、この心をあっという間に覆い尽くしていた。知らず知らずのうちに育っていた芽が、自覚を経てとめどない成長を見せたのだ。

――許されない感情が。

『万が一君たちが男女の関係になってしまったら、それは許されないことだよ？』

デットリックが、この国の最高権力者がそうゾーイに忠告したばかりだ。いや、あれは警告だったのかもしれない。

ヴァルゼスの幸せを邪魔するようなれば、排除するつもりだと。

(馬鹿だ、私)

人から言われて自覚するなんて。自覚した頃には、もうどうしようもなくなっているだなんて。

男女の仲になってしまえば、おしまい。ヴァルゼスとずっと一緒にいるためには、友達のままでいるしかない。

だから、今にも震えそうな声をどうにか抑えて、ゾーイは無理矢理笑顔を作った。いつも通り、『友達の顔』を。

「私も……私もヴァルゼスを失いたくないよ。だって、大切な友達だもの」

何も考えず何も悟らず。ただ、無心で涙を呑み込んだ。

ヴァルゼスが少し眉尻を下げて寂しそうな顔をしても、深くは考えずに出来上がったソーセージを皿にのせる。

美味しいはずのソーセージは、味がまったくしなかった。

──それから半年後、図書館の隅のいつものテーブルでそっと手を重ねられ、うなじを真っ赤に染めたヴァルゼスが突然ゾーイに告げてくる。

「お前が好きだ、ゾーイ。俺の唯一の女性になってほしい」

もうこの関係は続けられないと、この言葉を言われたとき直感的に思った。

友達ではなく、男女の仲になってしまえばおしまい。何度も頭の中を巡ったデットリックの言葉が頭の中で大きく響く。

だから、万が一に備えて用意していた言葉を、つれない声で投げつけた。

「その申し出を受け入れるのは合理的ではないと思う。貴方と私が恋人になっても苦労するだけだし、将来的な展望はないいんじゃない？」

覚悟はしていた。もうヴァルゼスとの関係はこれで壊れてしまうと。

ゾーイには何もなかった。ヴァルゼスを幸せにする自信も、デットリックに胸を張ってヴァルゼスを任せてくださいと言える根拠も、地位も、何も。

ゾーイがいなくとも、ヴァルゼスには彼に相応しい幸せを手に入れる力がある。

隣にいられないのは寂しいけれど。本当は互いを想っているのに、実を結べないのは辛いけれど。それは時と共に癒えるものだから。

誰よりもヴァルゼスが大切だから、幸せになってほしいからと決めた別れは、きっと哀しいものだけではない、未来のある選択だと信じた。

彼には何も言わず、何も残さず綺麗に去るのが、ゾーイが彼のためにできる唯一のこと。

きっとたとえ友人として側にいたとしても、いつかその偽りは脆《もろ》く崩れるものだと分かっていた。

だから、引き裂かれた恋が血を流し、心に滴り落ちる痛みと哀しみを胸に、ヴァルゼスとのすべてに終止符を打った。


ヴァルゼスがガドナ国にいる間は猶予期間だ。

純粋に彼を皇弟としか見ない人間に囲まれた中で、彼に所望された一人の女。よくある話だ。

貴き身分の人間の他国での火遊び。今の二人の関係はそれで説明がつく。

デットリックの目の届かないところで男女の関係になっても、ヴァルゼスがバロガロスに帰国する際に清算すればいい関係。それだけの関係だ。

——たとえ互いに想いが心の中に会っても。

合理的ではない関係だから、それ以上は望めない。

ゾーイは愛おしそうにこちらを見下ろす金の瞳を見つめながら、小さく微笑んだ。

望めないのに望んでしまう、浅ましい自分がここにいると自覚しながら、手に入らない幸せを少しでも自分の中に残そうとしていた。

第四章　ヴァルゼスの覚悟とゾーイの覚悟

（凄い経験だった……）

ヴァルゼスとの情事から一夜明けても、ゾーイの中に昨夜の残り火が燻《くすぶ》り続けていた。

ことあるごとに、頭の中で肉体がぶつかり合う生々しさや、ヴァルゼスの息遣い、彼の剛直が胎の中にまで入り込んだ感触を反芻《はんすう》し、赤面している。

一生にあるかないかのできごと。想像以上の驚きと発見の連続だった。

朝からしっかりと身だしなみを整えて、これから仕事で会うヴァルゼスを思いながら髪に櫛《くし》を通す。昨夜はあのまま朝までベッドにいてほしいと彼に言われたが、それを断って自室に戻ってきて正解だったと確信していた。

今から会うと思うだけでもこんなに緊張するのに、朝同じベッドの中で顔を突き合わせるなんて考えただけでも恥ずかしい。

それに、やはり後ろめたい気持ちもあった。

さて、一日ぶりの仕事だと気合を入れる。

特に今日は城下町と郊外の視察をするため、馬車に乗って半日出かける予定だ。

王都の防衛機能の確認が主な目的だが、その他ガドナ国民の暮らしぶりや、厳しい冬の備えなども見てもらい、有事の際にはバロガロスの駐留場所や、必要物資も把握しておく必要がある。

何より、ヴァルゼスにガドナという国を、その目で知ってもらう機会だ。ゾーイもまた楽しみにしていた。

通訳の仕事も中盤にさしかかり、いよいよ大詰めだ。

昨夜はいろいろとあったが頭の中をしっかりと切り替えて、仕事に集中しなくては。

鏡の中の自分に言い聞かせていると、誰かが部屋の扉をノックする。

「おはようございます～。ゾーイさん今日は仕事ですよ～。起きてますかぁ？」

すぐにセイディーンの気の抜けた声が聞こえてきて、苦笑しながら扉を開けたのだ。

「おはようございます、セイディーンさん。朝食ならもういただきましたよ」

「それはよかったです。今日は例のものが届いていますよ～。秘密保持のために、外務の方で検閲させていただきました。すみません」

「ありがとうございます！　全然構いませんよ」

ゾーイが城にいるのは秘密なので、自分で直接城に取り寄せるわけにはいかず、セイディーンにお願いをして父を通じて取り寄せてもらったものだ。それがようやく届いてゾーイは喜んで受け取った。

「それ新聞ですよね？　個人新聞？」

「そうです。私と同じロスト・ルーシャの学者の方が出しているものなんですけど、私の楽しみのひとつなんです。どうしても、これには毎回目を通しておきたくて」

ガドナ国にいる唯一の学者仲間。その彼、ゲルダンは国境近くにあるギャーグレン遺跡の近くに住み、遺跡の管理と研究を独自に進めている。

月に一度個人新聞を発行して、遺跡や周囲国の動向をこまめに記載しているので、ゾーイも必ず購読していた。

購読者数は十人にも満たないそうなのだが、それでも貴重な情報源なのでゾーイもこまめに意見などを送っている。いわば情報共有の場としても利用されているのが、この新聞だ。

「へぇ～。面白いですねぇ。個人的にはロスト・ルーシャには興味はないんですが、新聞に何が書いているかは興味があります。特に、その暗号のようなもの、興味深いですねぇ」

新聞の入った封筒を指して、セイディーンは探るような言葉を投げかけてくる。検閲したときにおそらく暗号の意味が分からずに、直接ゾーイに問いかけてきたのだろう。

あぁ、と言ってその場で封筒を開ける。そして新聞を広げて、該当の箇所に目を通した。

「毎号載せているんですよ。暗号というか、古代ロコルレイト語なんですけど。まぁ、読めるのは私とごく一部の人間しかいなので、セイディーンさんからしたら暗号ですよね」

ほんのお遊びみたいなものだ。古代ロコルレイト語で文章を書いて、読者がそれを解読する。時折、新たに発見された解読不能な文字も出てくるので、それを推測して自分なりの答えを投稿するのだ。

「それで？　ここには何と？」

「これは……雪が深まりいよいよもって遺跡が潰れそうだ、と。来年の夏の発掘は覚悟しろという警告ですね」

「それが暗号？」

「だからお遊びなんですよ。ただ古代ロコルレイト語を読むだけの」

セイディーンは理解できないと首を傾げるが、別に分からない人に無理に理解してもらおうとは思ってはいない。

それに、この何でもない文章の中に、とんでもない情報が入っていたりするものだ。だから、敢えて他人には分からない文字を使うのも、意味があってのことだった。

とりあえず今はこれをのちの楽しみに取っておいて、懐《ふところ》にしまっておく。じっくりと情報を精査する必要があるし、セイディーンとの打ち合わせもあった。

「さて、行きましょう……え？　何ですか？」

彼に声を掛けようと横を向くと、セイディーンがこちらに顔を近づけてきた。

それに驚いて身体を竦ませていると、そのまま首筋に鼻を寄せられスンスンと匂いを嗅がれる。

「珍しいですね、ゾーイさんがこういう香りを纏わせているの。ラベンダー？」

そういえば昨日は彼に会わなかったので、突然ゾーイからラベンダーの香りがしてきて、驚いたのだろう。ゾーイは少し退いて彼と距離を取った。

「香油です。気を利かせて置いてもらっていたものを使ってみました。……もしかして香りが強いですか？」

昨日ヴァルゼスは好意的に受け取ってくれたが、人によっては強い匂いを嫌う。セイディーンが苦手ならば申し訳ないと思い聞いてみたが、彼はにこりと笑って否定した。

「いえ、仄かに香る程度ですよ。実際に近づいてみないと何の香りか分かりませんでしたし。でも、個人的にはローズ系の香りの方が好きですねぇ」

「そうですか……」

とりあえずセイディーンに不快な思いをさせずに済んだのはよかったが、どうにも彼はいつも距離が近くて戸惑ってしまう。今もゾーイから距離を取ったのに、また近づいてきた。

ヴァルゼスに同じように近づかれても何とも思わないのに、どうしてかセイディーンの場合は緊張してしまう。笑顔の奥にいつもこちらを探るような目が見え隠れするからだろうか。

「――でも、ゾーイさん、だんだんと色っぽくなってきましたよね。いったい誰のためですか？　……興味あるなぁ」

少し笑いの含まれた声にゾワリと冷たいものが下りてきて、咄嗟にセイディーンの顔を見る。

だが、そこには何事もなかったような顔で立つ彼がいて、恐怖に似た不安が胸の内に滲《にじ》み出た。

「別に誰のためとかではなく、気分転換ですよ。色っぽいとかそれこそ気のせいでは？」

そんな言葉は自分には滅相もないと手を振ると、セイディーンは『そうですか』と笑う。

「では今度はローズ系の香油を使ってみてくださいね。蠱惑的《こわくてき》でとてもいい香りですから」

それこそゾーイには似合わない香りなのではないだろうか。『機会があれば』と言ってその場は済ませたが、セイディーンはもしかすると、ヴァルゼスとの仲をまだ勘ぐっているのではないかと気になった。先日から含みのある言葉を投げかける場面が多い。

やはり役人で外務担当になるほどの人物が、ただの気のいい人のはずがない。

それに……、と、懐にしまった新聞に服の上から手を当てる。

あまり今はいい状況じゃない。裏で何が動いているか分からない中で、人を簡単に信用するのは怖いと目の前を歩く彼から目を逸らし、窓の外を見やった。

ここ数日、雪が降っていない。そろそろ根雪が一度顔を出し始める。

「——おい、お前」

不意に声を掛けられて、ゾーイは振り返った。

だが、声の主を確認する前に大きな手が伸びてきて、ゾーイの視界を遮る。そして、頭に鋭い痛みが走り、ゾーイは堪らず呻《うめ》いた。

「……いたっ」

「お前だよ、この顔。通訳のお前。俺の指導を邪魔した不届き者……！」

前髪を思い切り掴まれて、その拍子に眼鏡が音を立てて床に落ちる。視界が覚束《おぼつか》ないまま薄目を開けると目の前にはエイデンがいて、憤慨した顔でゾーイを見下ろしていた。

「この前はまんまと逃げられたがな……俺に逆らったらどうなるか教えてやる！　お前も指導だ！」

「……は、はなしてっ」

この間、彼の言う『指導』の邪魔をしてキリアンを奪い去っていったのを、根に持っての凶行だろう。この間も一緒だった護衛を引き連れて、廊下の隅へと押しやるつもりだ。

理不尽な扱いに腹が立って、ゾーイは思い切り睨み付けた。

納得がいかない。たとえ王族だとしても、そこまで横柄に人を扱っていいはずがないのだ。キリアンのことも気にくわないからとコソコソと恫喝して、そしてそれを助けたゾーイをも叩き潰そうとするなど、卑怯者《ひきょうもの》のすること。

それは貴賤関係なく、許しがたい所業だった。

「……んだよその目はぁ！　お前もそうやって俺に逆らって、あいつの味方するのかよ！　あの女みたいにこの俺を拒絶して！　くそぉっ！」

ゾーイの反抗的な態度が気に食わずに激高したエイデンは、ついに手を振り上げて叩こうとした。大きなその手が自分の頬に振り下ろされる未来を想像して、ギュッと目を閉じる。

ところが、いくら待ってもゾーイの身体には痛みを感じず、あれ？　と不思議に思っていると、エイデンが怒鳴り始めた。

「お前も邪魔するのか！　セイディーン！」

「さすがに、女性に手を上げるところは見過ごせませんよ～。ちょ～っとやり過ぎですかね」

セイディーンが振り上げたエイデンのその腕を掴み、阻止してくれていたのだ。

「離せよ！　俺の命令が聞けないなら……いいのか？　トリニクスに言ってお前をクビにするぞ？　あいつは俺の言うことなら何でも聞くんだ。お前だって……！」

「どうぞどうぞぉ。僕は別に未練はありませんからお好きに」

「なんだと⁉」

「僕には、その常套句《じょうとうく》とも言える脅しは効かないって言ってるんですよ、エイデン様」

いつも柔和なセイディーンの顔に、スッと鋭い冷たさが宿る。それに驚いたのはゾーイだけではないらしく、エイデンもまたさっと顔色を変えて怯えの色を見せた。

身震いするほどに、今の彼は恐ろしかった。

「――と、いうことで、ここは穏便に引き下がってくださいよ～。そうじゃなきゃ、も～っと面倒なことになっちゃうし……ねぇ？」

エイデンを助けようと護衛たちにも鋭い視線を向けて、威嚇している。ここは大人しく引いた方が身のためだと言うように。

「……わ、分かった……分かったから、離せ」

彼の睨みが怖いのか、それとも掴まれた腕が痛むのか。しおらしく弱々しい声で、エイデンが白旗を上げる。

要望通りにセイディーンが手を離すと、逃げるようにあっという間に去って行ってしまった。

「あ、ありがとうございます、セイディーンさん」

「いえいえ。それにしても、エイデン様は相変わらず幼稚な人ですねぇ」

ニコリと笑ってゾーイを宥めようとしてくれている彼は、いつもの彼なのに少し怖かった。

助けてもらったというのに、何故かエイデンよりもセイディーンの方が怖いと、本能的に思ってしまったのだ。

乱れた前髪を手で直しながら、密かに息を呑む。

指先が微《かす》かに震えていた。


「おはようございます、ヴァルゼス殿下」

セイディーンと打ち合わせが終わった後に彼の部屋に赴き、出てきたヴァルゼスに挨拶をする。すると彼は何故か怪訝な顔をして、こちらを見下ろしたまま黙りこくった。

挨拶を返してくれないとは珍しい、と不思議に思いその顔を見返すとようやく返事をしてくれたが、どことなく様子がおかしかった。

「ゾーイさん。僕、先に馬車の方に行って用意していますね。大丈夫ですか？　もう心配ないとは思いますけど」

セイディーンが誰にも聞こえないような声で、顔を近づけて聞いてくる。エイデンの追撃を警戒してのことだろうが、問題ないと首を横に振った。

おそらく、ヴァルゼスが側にいれば、目の前に現れないだろう。彼の側にいれば大丈夫という安堵感《あんどかん》があった。

セイディーンが一足先に行くと、それを追うようにヴァルゼスと玄関に向かって歩き始めた。

歩きながら隣で今日の詳細なスケジュールを伝えると、彼は普通に返してくれる。

ならば、先ほどの微妙な間と表情は何だったのだろうと気にかかりながら話していると、話の切れ間に不意にヴァルゼスが腰を曲げて顔を近づけてきた。

耳に吐息が触れる。

「――身体は辛くないか？」

声を低く潜めて、ゾーイを慮る彼。先ほどまで昨夜の名残すらも見せなかったのに、突然夜見せた顔を出してくるものだから心臓に悪い。

一瞬で顔が真っ赤になったゾーイは、俯いて小さく頷いた。

「馬車からの視察がほとんどだが、辛いようなら馬車の中で休んでいろ」

「だ、大丈夫だよ」

「そうか？　昨日は最後の方は息も絶え絶え……といった感じだったが？」

「ご心配なく！　一晩で回復しましたからっ」

本当は足や腰が少しだるくて身体のあちこちに名残があるが、仕事に支障があるほどではない。それに、ヴァルゼスの卑猥に聞こえる言葉に、翻弄されっぱなしなのも面白くない。

クスリと笑って離れていく彼を睨み付けると、逆にまた観察されるような目を向けられる。

何か言いたげなその顔は、やはりどこか様子がおかしい。

「どうかした？」

ゾーイが聞き返すと同時に、外に出る扉が開かれて話が途切れた。ヴァルゼスがアンドレイに話しかけられて、そちらに気を取られてしまうと離れていく。

結局、彼が何を言いたかったのか分からなかった。


「お前に聞いていたより、雪が深いな」

市街を走る馬車の中から外を覗き込み、ヴァルゼスがぽつりと感想を漏らす。

バロガロス帝国の冬は空っ風が吹き、雪が降っても道路にうっすら積もる程度だ。ここまでの量の雪を、ただ話を聞いただけでは想像できなかっただろう。

「これでも少ない方だよ。いつもは家の一階部分が隠れるくらいに積もるの。今年は暖冬なのかもね」

いつもはこれ以上だと話すと、『想像がつかないな』と小さく笑った。

そしてまた外に視線を向けて、景色を楽しんでいる。

「――ゾーイ」

かと思ったら、おもむろに名前を呼ぶ。だが、こちらに視線を向けるわけでもなく、外を向いたまま話しかけてきた。

「その髪、どうした？」

「え？　髪？」

自分の前髪を触って整える。

先ほどエイデンに掴まれた際に乱れてしまったけれど、自分なりに直した。朝メイドに結い上げてもらったものが乱れてしまったので、いつも自分でしている通りに後ろに一本に結わえたのだが、それが気にかかるのだろうか。

「いつもと髪型が違う。ここにいる間は、メイドに朝の支度を手伝ってもらっているだろう？今朝もそのはずだ。そうでなければ、お前がそのドレスを一人で着られるはずがない。ということは当然、髪もいつものようにまとめてもらっているはずだ。……それなのになぜ今日は、お前のいつもの髪型だ？」

「えっと……それは……」

何と説明したらいいかと考えあぐねる。

目を逸らして言葉を詰まらせたのがいけなかったのか、ヴァルゼスは目を細めて鋭い視線を送ってきた。

「髪が乱れて結い直すようなことを、俺の部屋に来る前にしてきたのか？　ゾーイ」

「……だから……それは」

「他の男の手で乱された、なんてことないよな？」

「ぇぇ⁉　何でそれを……！」

あの場にいた人間以外、エイデンにされたことは知らないはずなのに。ゾーイは驚き飛び上がった。

だが、それ以上に驚いたのは、ヴァルゼスの顔がみるみるうちに怖いものになっていったことだ。元々柔和とは言い難い顔つきの彼が、とんでもなく恐ろしい顔をしている。

何ごとが起こっているのかと、ゾーイは震えあがった。

「……どういうことだ、ゾーイ。お前、昨夜はあんなに俺の下でよがり啼いていたくせに、翌日の朝に、他の男のところに行ったのか？」

「へ？　な、なにを……よ、よがり、ななな啼いたとか、そういうこと、唐突に言わないでよ……！」

眼鏡をカチャカチャと指で押し上げながら、動揺する。

何がどう話が巡れば髪型から昨夜の話に移るのか、訳が分からずに狼狽していると、手を引かれて向かい合って座っていたヴァルゼスの膝の上に乗せられてしまった。

腰にしっかりと手を回され、顎に手をかけられてヴァルゼスの方を向かせられる。強制的に不機嫌な金の瞳と目を合わせる形になり、悲鳴を上げそうになった。

「あまり動揺を見せてくれるなよ？　お前が不審な言動を取れば取るほどに、俺も嫌な方向に思考が傾く。その前にちゃんと事情を話した方が身のためだ」

「……は、はい」

目が怖い。一切瞬きせずにこちらを見る彼は、胸の中に怒りを燻らせながらもゾーイの言い分を聞こうとしてくれていた。それを無下にすることもできず、言わないでおこうと思っていたエイデンとのできごとを、短く話した。

やはり、話をしている最中にヴァルゼスの顔は険しくなり、目が据わってくる。不穏な空気が馬車内に流れる中、ゾーイは黙りこくる彼の顔を戦々恐々としながら見つめ続けた。

「――災難だったな。それなのに、勝手に勘違いして怒って悪かった」

「ううん。ちゃんと話さずにいた私も悪いかったんだけど……もしかして、朝から様子がおかしかったのって、私の髪型が違ったから？　それで変にいろいろと考えたの？」

「……それにセイディーンとこそこそ話していただろう。『大丈夫か？』とか何とか」

「聞こえていたの？」

「いや、唇を読んだ」

いわゆる読唇術というものだろう。

些細《ささい》な変化とそれだけで、ゾーイに何かがあったと推測するヴァルゼスを、やはり鋭いと感心すべきなのか、それとも心配し過ぎだと思うべきなのか。

悩ましいところだが、彼がゾーイを心配しての態度だというのは分かった。

まさか、セイディーンとの仲を疑いつつも、何をどう聞こうと窺っていたとは。怪訝な顔をしているヴァルゼスは怖かったが、その心情が分かってしまうと何だか微笑ましく思えてしまう。

「怖かっただろう。側にいて守ってやりたかったが……すまない」

「しょうがないよ。その場にいなかったんだもん。それに、髪を引っ張られたくらいで怪我もないし、セイディーンさんに助けてもらったし」

何も問題なかったと明るい声で言うと、お腹に回っていた腕の力が強くなった。

「……あいつに後れを取ったのは、癪《しゃく》だ」

「後れって……そんな対抗心を燃やさなくても……」

ただセイディーンはその場に鉢合わせて助けてくれただけなのに、ヴァルゼスの中ではそれを偶然だと思えない何かがあるようだ。まだ面白くない顔をしている。

「お前はいつだって一人で解決しようとする。何かあっても事後報告すらせずに、俺はお前の辛いときを見過ごすばかりだ。それが嫌だ。腹立たしくなるくらいに、嫌なんだ」

ゾーイの銀色の髪の毛を労《いたわ》るように手で撫でて、馬の尻尾のように揺れる毛先にキスを落とした。

今までそんな小言のように『何かあったらすぐに言え』とは言われてきたが、こんなに苦しそうに言われたのは初めてだった。ゾーイは酷く動揺する。

「ごめん、ヴァルゼス……」

ズボラで生活力がなくて。ヴァルゼスや父にいつも心配をかけているから、他の部分では迷惑をかけないようにと心掛けていた。

仕事で仲間外れにされても、不遇な目にあっても、それはゾーイががむしゃらに頑張ればいいと思って突き進み、余計な心配をかけないようにしていた。

哀しい顔をさせたくない。ゾーイと一緒にいるときは、いつも笑顔でいてほしいと願っているのに、今、ゾーイがヴァルゼスを哀しませている。

「お前は酷い奴だ。あのときも俺を振って、何も挽回をさせてくれないまま勝手に帰国していった」

「……それは」

「なぁ、ゾーイ。お前が俺と男女の仲になるのを『合理的ではない』と言っていたのは、やはり俺が皇弟だからか？　俺の身分に気後れしたから、そう言ったのか？」

「気後れと言うか……」

そこまで言いかけて言い淀んだ。

ヴァルゼスの将来のため、これ以上彼を苦しい環境に身を置かせないためにそう言ったが、本当は気後れしていた部分もあったのかもしれないと思うとはっきりと否定はできなかった。

デットリックの言葉に怯んだのは、紛れもない事実だ。

「感情だけでどうにかなる問題じゃないと思ったからだよ。そんな楽な身分じゃないって、ヴァルゼスが一番分かっているでしょう？　どれだけ否定しようとも、それでも一生ついて回ってくる問題だって」

「あぁ、そうだな。その血筋に周りが疑問を呈そうとも、デットリックが俺を弟だと認めている限りは、俺の身分は変わらない。疎ましいと思っても、俺自身を誰も見ていないのだと分かっていても、それはバロガロスにいる限りは変えられないだろう」

肩を竦めて身体をぎゅっと小さくした。後ろから抱き締められながら感じているヴァルゼスのそのぬくもりを、甘受する資格がないと自分を責めた。

ヴァルゼスの言う通り、ゾーイは酷い人間だ。

結局、彼を『皇帝の弟』として扱い、その想いを断ってしまった。合理的とはいえ、ヴァルゼスのその心を傷つけてしまったのは、間違いない。

「お前が去った後、怒り恨んだ時期もあったが……」

ビクリと肩を震わせた。

覚悟をしていたとはいえ、直接彼から『恨んだ』と言われるのは辛い。

だが、ヴァルゼスは肩を震わせるゾーイの頬にキスをした。それは酷く優しくて、こちらを覗《のぞ》く瞳は決して怒りを孕んだものではない。

「それと同時に己の甘さも自覚した。お前がその身分の差を思い、俺の立場を思い『合理的ではない』と言ったその気持ちが、痛いほどに分かったんだ。俺の甘さが、逆にお前にも辛い思いをさせてしまったんじゃないかと、お前が去ってようやく気が付いた」

「ヴァルゼス……」

どうして、この人は……。

そう思った瞬間に、ゾーイの胸の奥から奔流のような感情の渦が迫り上がり、喉の奥を熱くした。鼻がツンと痛くなり、目頭も熱くなる。

「だから、俺もお前の憂いをなくすために、この一年必死になった。中途半端なことはやめて『バロガロス』の名前を受け入れたし、誰にも文句は言わせない働きもしたと自負している。お前と生涯を共にするには、兄の後ろ盾だけではなく、俺自身が力を持たなければならないと分かったんだ。誰にどう牙を剥かれても、俺自身がそれを捻じ伏せられる力を」

「捻じ伏せるって……」

「だって、そうだろう？　他人の評価でお前を手放すなんて、真っ平ごめんだ。だから、俺はお前に『俺がすべて何とかするから、信じてついてきてほしい』と、胸を張って言える男になる必要があったんだ。——ちゃんと、兄に結婚の許可も貰ってきた」

俄かには信じがたい言葉に、ゾーイは目を見開いた。

あのデットリックが許可を本当に出したのだろうか。あんなにもヴァルゼスを可愛がり、彼の行く先を案じてゾーイに苦言を呈した人が。従わなければゾーイを排除すると、暗に示した人が。

「俺は俺なりに、お前の憂いをすべてなくしてきたつもりだ。後はお前次第。お前が俺を愛してくれるか、俺を信じられるか。それだけだ。俺自身に答えを出してほしくて、お前に会いにここまで来た」

きっとヴァルゼスがあのデットリックを納得させたのだ。それは容易なことではないと、直接話したことのあるゾーイなら知っている。

皇弟の身分を受け入れたのもそうだ。

ずっと彼の人生に影をさしていたそれを、自分の一部として受け入れる苦悩は、ゾーイには想像がつかなかった。

結局、ゾーイの存在がヴァルゼスに苦労を強いてしまっている。

けれども、それがこんなにも嬉しくて、泣きそうになってしまうだなんて……。

「……知らなかった。ヴァルゼスが影でそんな努力を重ねてきていたなんて」

「お前のためにする苦労なら、大歓迎だ。お前を手に入れるためなら、何だってする」

――甘く、甘く、蕩けてしまいそう。

この心も身体も、ヴァルゼスの情熱に溶かされて、何も考えられなくなりそうだ。

「身体からお前を抉じ開けることだって……厭《いと》わない」

耳に唇を当てながら、ヴァルゼスが突然艶のある声で話し出す。

昨夜の情事のときに見せた上気した顔や、言葉の数々、そして身体中を愛撫されて胎の奥まで入り込まれた感覚を思い出して、下腹部が疼く。

「この身体をとことん開いて、淫らに変えて。俺を求めて止まないようにしたい。俺が欲しいと啼いてよがるくらいに……。一ヶ月なんかあっという間だ。お前に触れても触れてもまだ……足りない」

「……ぁっ」

さりげなく胸に触れられて、思わず声が出る。

コルセットの上からでは触られた感触は薄いが、ヴァルゼスの手がそこにあるというだけでドキドキして止まらない。

感度がいいと言われた胸を虐めるように動いた手が、この心を淫らに揺する声が、快楽の花を全身に咲かせるその唇が。ゾーイを淫らに変えていく。

以前なら『おしまい』と叫んで振り払っていた手が、振り払えない。

この先にゾーイを狂おしいほどに気持ちよくて、幸せにしてくれるものがあると知っているからだ。

何をしても厭わないほどに、ゾーイを求めてくれるこの手が、愛おしい。

「また、部屋で待っている。お前が来なければ、俺が行く。まだまだ、逃がすつもりはないからな。バロガロスに帰るまで、――お前は俺のものだ」

チュ、と音を立てて吸われた首筋は、彼の唇が離れた後も熱を孕んだかのようにずっと疼き続けた。

馬車が減速をし始める。

次々と流れていっていた景色がゆっくりとなり、最初の目的地の郊外にある兵士の詰め所に辿り着いた。

まだ熱の引かない顔を外気で冷やしながら、ゾーイはすべてを忘れるように仕事に徹する。

心の中では静かに混乱していた。

それから三日間視察が続いた。

その間はヴァルゼスはゾーイを部屋に呼ぶことも、部屋にやってくることもなかった。一日中馬車に乗って外に出てばかりだったので、気を遣ってくれたのだろう。ゾーイも部屋に帰ると、泥のように眠っていた。

視察が終わった次の日には、条約締結に向けての最終調整だ。よくよく休む間もなく駆り出されたが、ようやく締結の日取りが決まる。

あとは条約の文書を作成して、出来上がるのを待つだけだ。調印をすれば軍事協定がなされる運びになっていた。

文書ができあがるまでの間、三日間の休息日が設けられているので、キリアンがぜひまた話をしたいとヴァルゼスに申し出てきた。

ゾーイも一緒にと誘われたので、それに乗ったかたちだ。キリアンはまだヴァルゼスを目の前にすると緊張するらしい。

前回と同じ部屋を案内されたのだが、今回は用意されていたのはお菓子とお茶、それとボードゲームのみだった。三人で話すのには、余計なものは必要ないと判断したのだろう。

「お二人はボードゲーム好きですか？　僕、このナイン・メンズ・モリスというゲームが好きなのですが、一緒にどうですか?」

ワクワク顔でキリアンが出してきたのは、木製の正方形の盤と白と黒の駒だった。盤には三重に線とそれを跨《また》ぐように四本の線が、交点には点が彫られている。

ゾーイは知らなかったのでルールを聞くと、相手の駒を取り合うゲームらしい。ヴァルゼスもこのゲームが好きだというのでキリアンと対戦し、ゾーイはそれを見ていることにした。

「兄が存命の頃は、よく兄や兄の友人とこれで対戦をしていたんですけど、今は誰も相手にしてくれなくて……。だから、思い切って聞いてみてよかったです。また誰かと対戦できて、嬉しい」

破顔しながらゲームの準備をするキリアンは、本当に嬉しそうだった。

父と兄を一気に亡くして目まぐるしく環境が変わり、昔のように気軽に誘える相手もなくしてしまったのだろう。たしかにあのアンドレイや、ましてやエイデンには委縮して頼めない。

ヴァルゼスをちらりと見ると、彼もキリアンを見守るような優しい目で見ている。

まるで成長する我が子を見守るような目。その気持ちが物凄く分かると共感しながら、ゾーイも二人の様子を温かな気持ちで見守っていた。

「僕、あまり強くないですけど、よろしくお願いします」

キリアンがぺこりと丁寧に頭を下げると、先手のヴァルゼスが黒い駒を盤上に置いた。

「あれからエイデンに絡まれることはあったか？」

ゲームを進めていく最中、ヴァルゼスがキリアンに問う。

ゾーイも先日絡まれたことを思い出して、少し身体を強張《こわば》らせた。

「いえ、今のところは。遠巻きに睨み付けたり、すれ違いざまに嫌味《いやみ》を言ったりはありますが、それも日常的にあったことなので……」

だから特筆すべきことはないのだと彼は言う。

「心配をかけてごめんなさい。エイデンはただ僕が王になったのが気にくわないだけなんです。ずっと僕の兄が王になるものだと皆が思っていましたし、エイデンもそう思っていたんだと……。叔父上が国王にという話もあったのですが、それも叔父上自身が断ってしまい、エイデンの中で僕が国王になることへの折り合いがつかずに、ああやって攻撃的になるんです」

申し訳なさそうにしながら、キリアンは白い駒を動かす。横一列に白い駒が並びミルが成立して、黒い駒を獲った。

「本当はいい人……とは言えませんが、僕につらく当たる理由はわかります。けれど、今まで甘んじてその責めを受けていた、自分のせいでもあると気付かされました。もしもまた同じようなことが起こっても、毅然《きぜん》とした態度を取るつもりです」

逆に今度は黒い駒が一列に並んでミルが成立する。白い駒がヴァルゼスに獲られてしまうが、キリアンは彼に挑むような目を向けて笑っていた。

「僕も王ですから。負い目を捨てて、自分の道を歩みたいと思います。人生は有限だからと、教わりましたから。そんなことにいつまでも囚われている暇はないなと、思いまして」

キリアンの中で何かが変わり始めている。そう予感できる瞬間だった。

もしもヴァルゼスと一緒にいることで、変わるきっかけを得られたのであれば、ゾーイも仲介役をしたかいがあったというものだ。

「あの、ヴァルゼス、ここのところアズ＝ガースが不穏な動きをしていると聞いたのですが、何か耳にしていますか？」

「ああ、本国から、なにやらコソコソと遠出をする準備をしているようだと連絡がきている。お前の予想通り、ガドナに攻め込む準備だろう」

二人のその会話を聞いて、ゾーイはスっと背筋が伸びた。アッと声を出すのを我慢して耳を傾ける。

「今ガドナに攻め込むメリットは……軍事協定の阻止でしょうか？」

「そう考えるのが妥当だな。ガドナにバロガロスがついたら、攻めにくくなる。近年ガドナで発見された鉱山資源は、軍事化を進めるアズ＝ガースにとっては涎を垂らすほどに欲しいものだろう。もちろんそれはバロガロスも一緒だが、あちらは領地拡大の機運が日ごとに増している。できればバロガロスがガドナと手を結ぶ前に、どうにかしたいはずだ」

ゾーイはもしかしてと、ひとつ心当たりがあったのを思い出した。読んだときには眉を顰めたが、今の話を聞いて他の意味にも取れることに気が付いたのだ。

「あの……口を挟んでごめんなさい。あくまで推測でしかないのですが、もしかするとギャーグレン遺跡に、アズ＝ガースの兵が潜伏している可能性があるかもしれないです」

「それはどういう意味ですか？」

二人が眉を顰め、ゾーイに注目する。そこで、送ってもらった個人新聞について話をした。

「実はその暗号部分の『雪が深まりいよいよもって遺跡が潰れそうだ、来年の夏の発掘は覚悟しろ』というのは、私たちの学者の中でのブラックジョークです。よく盗人《ぬすっと》が無断で遺跡に入り、遺跡の仕掛けが動くんです。するとその振動で遺跡や周辺の山に積もっていた雪が、雪崩を起こして出入り口が封鎖。出てこられなくなった盗人が、翌年の夏に調査にきた人に遺体で見つかるというのがよくありまして。だから大雪になると、遺跡が潰れて大変だってよく言うんですが……」

窓の外を見て眉を下げた。

「御覧の通り今年は暖冬。雪も崩れるほど降ってはいない。けれど、わざわざこんな暗号を使ったのは、きっと遺跡の周りに不審者がいるからです。それがアズ＝ガースだとは断定できませんが、あの遺跡の向こうはかの国との国境です。……それに、単なる盗人なのであれば日常なので、ゲルダンさんがほとんど追い返してその成果を新聞に書くはずですが、そうではないことを考えると、彼の力では追い返せない相手なのかもしれません」

話しているうちにだんだんと不安になってきた。この新聞を届けてくれたということは、ゲルダン自身は無事なのだろうが、もしも相手がアズ＝ガースの兵なのだとしたら、その身がどうなるか分からない。

「ギャーグレン遺跡は、数年前に隠し通路が見つかっています。そこを通れば、両国の行き来は雪山を越えるよりは容易だと思います」

あの遺跡には、おそらくロスト・ルーシャの遺産が隠してあるのだろうと言われている。そのために、中には大量の仕掛けがあるのだと。見つかった隠し通路は、国に報告済みだ。

「それは確認する必要がありそうですね。調査隊を派遣しましょうか？」

「いや、ならこちらで調べよう。あまりキリアンの方で動かない方が賢明だ。どこで誰が監視しているか分からないからな。こちらの方が動かしやすい。それに暗躍が得意な者がいる」

そう言ってヴァルゼスが壁に目を向けると、そこには気配を消して立っていたヒューゴがいた。そこにいると知らなかったゾーイとキリアンは飛び上がり、ヒューゴは静かに頭を下げる。

「キリアン、ひとつの可能性として頭の隅に置いておいた方がいい」

ヴァルゼスは人差し指で己の頭を指す。

「ガドナの中に裏切り者がいるかもしれないと。明らかに一枚岩ではないお前たち王家の状況を、利用しようとする下衆はどこにでもいる。……もちろんその身内が下衆である場合もあるがな」

裏切り裏切られ、思惑が交錯するのが政局の常だ。たとえキリアンが幼くとも、刃を振り下ろす非道はいつの時代にもいるものだと歴史は語っている。

キリアンもそれに頷き、『分かりました』と苦しそうな表情をする。

「内部は、僕の方で探ります。もちろん、そんな裏切り者がいないことを祈るばかりですが」

そうこうしているうちに盤上にあった白い駒は二つだけになり、キリアンの負けが確定してしまった。

「もっと精進します」

その後、勝負はヴァルゼスの連勝で、キリアンは一度も勝てなかった。


「――え？　え？　ちょっと……！」

部屋に戻ろうとすると、突如ヴァルゼスに手を取られて、彼の自室に引きずり込まれてしまった。お辞儀をしながら見送るヒューゴの姿が、扉の向こうに消えていく。

二人きりになると、すぐにヴァルゼスは強い力で抱き締めてきた。

そのすべてが奪われるかと思うほどの力強さに、ドキドキする。

「もう限界だ……ゾーイ……」

加えて悩ましい吐息が聞こえてきて、何事かと目を白黒させた。

ところが、背中に回された熱く火照った手が、ゾーイの背中を撫でながら服の中に侵入してきたのに気が付いて、ビクリと身体を震わせる。

「……ま、待って、ヴァルゼス。その……ま、また、……するの？」

この流れはそうなのだろうが、一応お伺いを立てた。ことに及ぶにはまだ心の準備と覚悟が足りていない。

「……ダメか？　ずっと視察続きで二人きりになれなかったから、ゾーイに触れたくてしょうがない」

ゾーイの肩口に顔を埋めて甘えるように言うヴァルゼス。本当に先ほどまでキリアンに偉そうなことを言っていた人と同じとは思えない。

普通ならば、人にはいろんな一面があるものだと気にもかけないが、ヴァルゼスが見せると可愛いと思ってしまう。ギュッと抱き締めてあげたいと。

だから、背中に手を回して抱き返した。そして彼の胸の中で小さく首を横に振る。嬉しそうにヴァルゼスがつむじにキスをすると、さっそくベッドに連れて行かれた。

また服を脱がされるのは恥ずかしいので、今度は自分で脱ぐ。

だが、下着までは無理だったので、黙って俯いてヴァルゼスの行動を待った。ゾーイの気持ちを汲《く》み取《と》って彼は首筋に唇を這わせながら、器用に下着を剥いでいく。

「……ンっ……あぁ……あっ……ふぅ……ンんぁ」

同時に胸も揉まれて、ゾーイは熱い吐息を漏らした。

気のせいか前回よりも身体が敏感になっているような気がする。一度快楽の種を植え付けられた身体は、触れられると容易に花を咲かせるようになってしまったのだろうか。

早く、早く。そう身体が啼いている。

そう思えて仕方がないくらいに、ただ滑らかに滑り落ちる手の感触に打ち震えてしまう。その武骨な手がゾーイの身体をどう愛でて、気持ちよくしてくれたか覚えているからだ。

胸の奥で欲情の灯が静かにともった。

「……お前は、どうなんだ？　ずっと仕事で顔を突き合わせていて、少しも俺に触れたいと思わなかったか？」

「それは……」

ない、とは言えなかった。

ヴァルゼスがゾーイを見れば胸が熱くなるし、ふとした瞬間に触れられれば肌がソワリと疼きを覚える。

ああ、これはヴァルゼスを求めているのだと理解すればするほどに、自分の自制の利かなさに恥ずかしくなった。仕事中なのに、何故こんなにも意識してしまうのかと。

きっと今のゾーイは、多少箍《たが》が外れてしまっているのだ。

「ゾーイ……どうなんだ？」

胸の頂をぎゅっと摘まみ、ジンジンと痛みを訴えるそれを指二本で擦りながら聞いてくる。

意地悪をするような愛撫に戸惑いながら、それでも口を噤《つぐ》んでいるとさらに強く擦りつけられた。

「あぁっ……ヴァ、ルゼス……？　……ひぁ……ンぁ……っ」

手がゆっくりと滑り落ちていき、太腿をさすってくる。

中指一本で快楽の線をなぞるように下から上へと動き、足の付け根をいたずらに触れては離れ、また触れてきた。まるで焦らして、ゾーイの身体が高揚するのを待っているかのように。

「寂しかったのは、俺だけか？」

「……そんなの……ンんっ」

下着の中に指が入り込み、それと同時に胸の頂が食まれる。

もうすでに滲み出て秘所を濡らしていた蜜を、さらに誘うかのように媚肉を撫で、何かをぶつけるように口できつく頂に吸い付いてきた。

ゾーイの身体は強い刺激に、ビクビクと震えてはよがる。それは言葉にしなくても、彼に触れられるのを期待していたと如実に語っているようだった。

「素直になれ、ゾーイ。お前の身体は、もうこんなにもトロトロになっているじゃないか。ここも……こんなに濡れて、俺を欲しがっている」

「……あ……あぁ……っ……ヴァルゼ……ス……わたし……」

指を大きく動かして、わざとくちゅくちゅと音を立ててくる。その淫靡《いんび》な音はさらにゾーイを高揚させ、そして辱めた。

「ゾーイ……素直に俺を求めれば、何度だって気持ちよくしてやる」

「……あっ……まって……あ……あぁっんっ」

ゾーイの制止も聞かずにヴァルゼスの指が膣の中へと潜り込みかき乱す。ゾーイがよがる箇所だけをしつように責めてきて、何も考えさせなくしてしまうのだ。あっという間に、頭の中が熱に犯されてしまう。

「気持ちよく、なりたいだろう？　また、啼いてよがり狂うくらいに……」

「ひぁっ！　あぁっ！」

髪を掻《か》き分《わ》けられ、耳を舐められ、そして言葉を吹き込まれる。

「もうお前の弱いところは知っているからな」

同時に指の動きが激しくなれば、ゾーイはされるがままに喘ぐしかなかった。

陰核を親指の腹で擦られ、膣の中に入っていた二本の指を締め付ける。それだけでも悶えるほどの快楽なのに、ヴァルゼスは膣壁を擦り、さらなる刺激でとことんまでゾーイを責めてきた。

「前よりも敏感になって、貪欲になってきているのが分かるか？」

「……あぁ……ひぃぁっ……そんなに……したら……シんっ……」

「欲しがれよ……ゾーイ……」

まるで、ヴァルゼスに言葉と快楽をもって調教されているみたいだ。頭の中に心地いいことを刷り込まれて、全部彼の言う通りに頷いてしまいそうになる。

触れて肌を重ねて、また新たな顔を知って、その欲はとどまることを知らない。

「――俺を欲しがれ」

「……あぁっ！」

屹立を穿たれて、ゾーイの中がもうこれ以上ないくらいにヴァルゼスでいっぱいになる。彼が腰を動かすたびに蜜が溢れ出て、膣壁がそれに合わせるように蠢《うごめ》いた。

腰から背中に流れてくる甘い疼きに振り回される。奥に打ち込まれる剛直に女の悦びを叩き込まれて、子宮が切なく啼いた。

何もかも分からなくなるほどに溺れそうになって、ヴァルゼスに縋りついた。

すると、身体を持ち上げられて、ヴァルゼスを跨ぐ形で座らせられる。自重で根元まですっぽりと咥えこんでしまったそこは、ヒクヒクと震えてその衝撃に耐えた。

だがすぐにヴァルゼスが腰を動かして、ゾーイを追いつめる。

「……こんなの……ふか……いぃ……」

「奥、突かれるの好きだろう？　こうやって深くまで犯してやるとお前はよく啼く」

意地悪く腰をぐるりと回して、下から突いては奥を責めてきた。彼の言う通り嬌声《きょうせい》は大きくなり、腰の痺れも止まらない。

目の前が明滅して限界が近いことを悟り、ゾーイは音を上げた。

「……あぁっ……ふぁ……ンん……だ、だめ……もう……もう……」

「あぁ……思い切りイけ」

その言葉に追い上げられるように、ゾーイはあっという間に高みに昇る。一度目よりも深く長い絶頂にビクビクと手足を震わせて、同時に屹立も締め上げた。ヴァルゼスもそれに息を詰めて、眉根を寄せていた。

だが、彼はそれでは達してはいなかったらしく、ゾーイをベッドに押し倒して腰を抱えなおす。そして絶頂の余韻で力の入らないゾーイの身体をまた揺さぶり始めた。

「……あ……なんで？　あぁ……これでおわりじゃ……？」

「俺はまだ達していない。それに何度お前を抱いたって抱き足りないんだ。ずっと飢えてきたからな……ゾーイに」

「あぁっ……うそぉ……ひぁンっ！　……あぁ……あぁンっ」

胎の中で衰えを知らない屹立がゾーイを何度も責め立てては貪る。もうどこも食べるところなどなくなるほどに貪り尽くされて、精を注がれて。身体中がヴァルゼスの精液とゾーイの愛液に塗れてしまうまで、啼かされ続けた。

「――俺を好きだと言ってくれ」

朧《おぼろ》げな意識の中で、何度もその言葉を聞いたような気がする。

「俺だけに……俺自身に答えを出してほしい。俺がほしいか、いらないか。二つに一つだ。……ゾーイ……お願いだ、ゾーイ」

ヴァルゼスの熱に浮かされる。堪らずしがみついて助けを求めると、彼はさらに激しくゾーイを抱く。

余計なことは考えられないように、ただ目の前の男を求めるように。

――けれども。

何度か訳が分からなくなって『好き』とうわ言のように言ってしまったが、ヴァルゼスはただ切なく苦しそうな顔をするだけだった。

◇◇◇

(……全然合理的じゃない)

ゾーイは自室のテーブルに顔を突っ伏しながら思い悩む。

ヴァルゼスに抱かれるたびに、彼の熱い想いに引きずられていく。彼の熱を知るたびに自覚していく。

もう知っているのだ。ゾーイの中にヴァルゼスを理由に振る理由がないと。いや、ずっとそうだった。

環境的要因だけにその言い訳を求めて、彼自身には言及してきていない。ヴァルゼス自身もそれを見抜いているから、容赦なくゾーイの心の隙間に入り込もうとしているのだ。

また、ゾーイも自覚していた。

ヴァルゼスがデットリックと話をつけた今、その二人を阻む環境的要因さえなくなって、あとは自分の気持ちひとつなのだと。

おそらく明後日には文書はでき上がり、五日後には正式に協定が結ばれる。その後数日は旅支度のために滞在するそうだが、刻一刻と彼がバロガロスに帰る日が近づいていっていた。

もう、ただその日までやり過ごすという気持ちはない。少しずつ、自分の中に残された問題に対峙しようと、ゾーイも心を固め始めている。

いつかはその覚悟をしなければならない。

そして、ヴァルゼスに、ちゃんと自分も好きだと言いたい。

ずっと、ずっと、好きだったと。

「ゾーイさ～ん！　お話があるのですが～」

気の抜けた声が扉の向こうから聞こえてくる。

もう扉の向こうにいるのがセイディーンだと知っているゾーイは、おもむろに立ち上がる。ついでにぼさぼさになった髪を手櫛で直しながら、彼を出迎えた。

「おはようございます、ゾーイさん。お話があるのですが、今いいですか？」

今日も含め明日まで三日間通訳の仕事は休みなので、セイディーンとは顔を突き合わせる機会はないと思っていたが、そうはいかないらしい。

「実はアンドレイ様が、後払いの報酬についてお話があるそうです。そのままでいいので、ついてきてもらえますか?」

報酬、と聞いてゾーイはすっかり忘れていたその存在を思い出す。そう言えばそれがこの仕事を引き受けるきっかけだったのだと。

もらえるものはしっかりもらっておかなければならないので、セイディーンの後について行く。

エーセネル離宮を離れ、本棟を挟んで真逆のマストネル宮へと向かって行った。

ここは主に倉庫や牢屋《ろうや》、そして図書保管室など人が足を運ばないエリアだ。もちろん王族の居室や客室などはなく、本当にこんなところにアンドレイがいるのだろうかと首を捻った。

「アンドレイ様はどこで待っているんですか?」

「ここの地下です。お金の話は、誰にも見つからない場所でしたいそうですよ〜」

金勘定は卑しいと思う性分なのだろうかとも思ったが、暗がりに近づくにつれて徐々に不信感が増していく。どう考えても、こんなところで話すなんておかしい。

「あの……セイディーンさん。アンドレイ様が報酬の話をするために私をここに呼び出すなんて、信じられないのですが」

ピタリと足を止めて、これ以上は一緒に行けないと首を振る。すると、彼も足を止めてこちらを振り返った。いつもの笑みを顔に張り付けて。

「信じなくてもいいです。どちらにせよ、ゾーイさんは僕について行くしかなくなりますから」

「……それはどういう意味ですか？」

彼の言葉の不気味さに息を呑み、一歩後ろに足を引く。もしかしてここは全力で逃げなければならない場面だろうかと、冷や汗を掻いた。机に噛《かじ》り付いて、夏の発掘以外運動という運動をしていないゾーイは、足の速さに自信がない。

「逃げ出してもいいですけど、でもそうすると困ったことになりますよ？　いいんですか？」

「報酬がもらえなくなるとかですか？」

引き攣りそうな顔をどうにか抑えて、眼鏡を動かして心を整える。こんな場面でも笑ってみせるセイディーンが、怖くて仕方がない。

「もっと困っちゃいますよ。僕、今、貴女のお父様を人質に取ってますから」

「――は？」

まさか聞き間違えか？　と信じられない気持ちで声を上げていた。

まさか、そんな馬鹿な。面白くもなんともないが、冗談なのだろうと笑い飛ばそうとした。

「どうです？　困りますよね？　逃げられないですよね？」

「本当だったら困りますね。父に手を出すなんて、絶対に許されないですから」

たとえ冗談だとしても、父を危険な目に遭わせるのだけはごめんだ。

そこはかとない恐怖がゾーイを覆って、肌が総毛立つ。尻込みしているとは知られたくなくて、精一杯強がり睨み付けた。

「じゃあ、僕はゾーイさんに叱られちゃいますね。どうぞ。実物を見て、しっかり僕を叱ってください」

セイディーンが廊下の向こうを指さして先を促す。真偽を確かめるのには、どちらにせよ一緒に行くしかないようだ。怖くはあるが、ゾーイは素直について行った。

地下を二階下って辿り着いたのは、鉄格子の部屋。明らかに牢屋だと分かる薄暗い部屋に案内をされて、扉の前に立たされる。

そこは父が小さくなって横たわっている、狭い牢屋だった。

「……おとう……さん？」

目を閉じて動かない父に、震える声で問いかけるも返事がない。何度も声をかけても、鉄格子の向こうの父はピクリともせず、ゾーイは混乱して格子を揺さぶりながら叫んだ。

「お父さん！　お父さん！」

「びっくりしちゃいました？　大丈夫ですよ。薬で眠っているだけです。あんまり大声出されると困りますからねぇ」

「――ひっ」

ゾワリと背中に悪寒が走る。後ろから抱き締められて、耳元で楽しそうに話す声はいつものセイディーンの声なのに、もっと恐ろしいもののように聞こえた。

「可愛いなぁ、怯えちゃって。僕が怖いんですね。安心してください。ゾーイさんには危害を加える気はないですから。案外気に入ってるんですよ？　貴女を」

ヴァルゼスとは違う男の人の腕が、自分を絡め取っている。それがこんなにも嫌な思いをするとは思わなかった。

今すぐに離れたいのに身体が動かない。それに下手に動いてセイディーンを刺激したら、何が起こるのか予測もつかなかった。

ただ、言い知れない恐怖だけがゾーイを取り巻く。

「ち、父が人質ということは、私を脅そうとしている、と言うことですよね？　私に何を望むんですか？」

早くこの状況から抜け出したくて、早口でまくし立てる。黙っていたら頭がどうにかなりそうで、口を開かずにはいられない。

「簡単ですよ。ヴァルゼス殿下を殺してくれれば、万事解決。貴女もお父様もお役御免です」

「……なにを、馬鹿なことを」

渇いた笑いが出る。言うに事欠いて、ゾーイにヴァルゼスの殺害を依頼するなど、頭がおかしいとしか考えられない。

「ヴァルゼスは大切な友人です。そんなこと……」

「友人？　恋人の間違いでしょう？　夜な夜な彼の部屋に行っているくせに」

その言葉にゾーイは顔色を変えて動揺を見せた。これではセイディーンの言葉を肯定したのも同義だ。

元々彼は二人の仲を疑っていたのだから、どちらにせよ関係には気付いていた可能性は高い。

「……ここ数週間ですっかり女にされてしまって。最初に会ったときはあんなに純朴で野暮ったい感じだったのに、どんどんと艶《つや》めいてくる。気付いています？　貴女、無自覚に色気を出して男を誘ってくる。これじゃあ、ヴァルゼス殿下も気が気ではなかったでしょう」

スンスンと鼻を鳴らしゾーイの匂いを嗅いでくる。残念そうに『ローズ系の香油使ってくれてないんですね』と言っているのを聞いて、そっぽを向いた。

「あの方の護衛は堅牢《けんろう》でね。特にあのヒューゴは気配を消すのが上手くて隙がない。だから貴女の出番なんです。貴女なら無防備な閨《ねや》に侵入でき、ヒューゴのいないベッドの上でヴァルゼスを殺せる……そうでしょう？」

顎に手を添えられて、無理矢理セイディーンの方を向かされる。茶色の瞳が鋭く光り、有無を言わさぬ強さを持ってゾーイを見てきた。

「……で、できない……です」

「簡単ですよ。案外、人って簡単に死ぬんです。たとえば、ここ。ここに小さなナイフでも潜り込ませれば一発だ」

顎の下、頸動脈《けいどうみゃく》が皮膚の下に潜む箇所に指を食い込ませて、真横に横切る。正確にここを狙えばいいのだと教え込むように。

想像しただけで足が竦みそうだった。きっとセイディーンに抱き込まれていなかったら、その場でへたりこんでいたかもしれない。

「分かりますよね？　貴女がこれを断ればどうなるか」

ちらりと父を見る彼の視線に恐怖した。

つまりは、ゾーイにヴァルゼスを殺すか、父を見殺しにするか選べと言っているのだ。

父親を見殺しにはできないでしょう？　と暗殺を選べと示唆してはいるのだが、それを二つ返事で了承できるほどゾーイは非道ではない。

ヴァルゼスを殺せるはずがなかった。

今、ゾーイのこの世で大切な人の命が、天秤《てんびん》にかけられている。

それはおぞましく許しがたいが、目の前に突き出されている現実でもあった。

──どうすればいい？　どうすれば二人を失わない選択ができる？

ゾーイは必死に考える。

分からない。最適解が見つからずに息ができなくて苦しい。問題は自らが答えを導き出すのが楽しいのだと思っていたが、これは違う。

今すぐに誰かに正解を教えてほしかった。

「……と、ここまでが僕が上に指示されたことです。さて、ここからが僕個人の意見と提案」

顔色をなくして考え込むゾーイに、ヒントを与えるように彼は明るい声で言ってきた。縋れるものには縋りたいゾーイは、灰色の瞳を潤ませながら彼に期待の目を向ける。

「僕としてはこの暗殺が上手くいこうがいくまいが、どっちでもいいんですよね。まぁ、どっちに転んでも上としては損はないのでしょうけど。でもそれだけじゃあ僕は面白くない」

セイディーンがゾーイの身体に手を這わせ始めた。お腹に、顎に、生ぬるい人肌が触れる。

「貴女がヴァルゼスを裏切った。それを彼に示せるのであれば、後は僕がすべて取りなしてあげます」

「……どういう、ことですか？」

意味が分からずに問いただす。声が震えて様にはならなかったが、セイディーンが何を目的としているのかが分からない。

「ちゃんとヴァルゼスを裏切ってきたら、ゾーイさんのことを助けてあげますよ。誰に捕まっても、助け出してあげます。それに、お父さんのその後の生活の保障をしましょう。まぁ、残念ながらゾーイさんは僕と一緒に来てもらうしかないですけど」

唇が髪の上を滑り、鼻を埋めて匂いを嗅いでくる。全身でセイディーンの気配を感じさせられて、不快感が凄い。手の感触や息遣い、声。

同じ男性なのに、ヴァルゼスとは大違いだ。

「僕の差し金で貴女が裏切ったと知ったとき、殿下はどんな顔をするのかなぁ。ラベンダーの香りがローズに変わったと知ったら……考えただけで興奮する」

「……悪趣味」

「これでも自覚してます。でも、ゾーイさんの場合は個人的に欲しいです。僕の元でずっと飼っていたいなぁ。絶対に僕に心の底から懐《なつ》いてはくれなさそうですもん」

当然だ。誰がこんな人に懐くものか。セイディーンに飼われるなんて想像するだけで怖気が走る。

「お父様の命を助けたかったら、ヴァルゼス殿下にこのナイフを向けて、しっかり裏切ってきてください」

手に何の飾りもない小さなナイフを握らされた。これで実行しろということかと、ゾーイはそれを静かに見下ろす。

セイディーンはパッと両手を上げてゾーイから離れると、にこやかに笑った。

ここで断れば父は殺される。だが、ヴァルゼスを形だけでも襲えば、その後はゾーイも父も生活が保障される……はずだ。ゾーイはセイディーンの元に行くという条件付きだが。

後ろを振り返り不審な目を向ける。

セイディーンを信用していいか分からなかった。


よほど強い薬を飲まされたのだろう。父は最後まで目を覚まさなかった。

だが、こんな卑怯《ひきょう》な脅しに屈する姿を見られなくて内心ほっとしている。きっとこんなことをしているゾーイを嘆くだろう。自分が人質になっているのを悔やみ、涙を流すかもしれない。

父にはこんな薄汚い世界を見せたくはなかった。

それからフラフラとした足取りで部屋に帰る。その隣には引き続きセイディーンがいて、ゾーイの動向を監視していた。おそらく、ゾーイが役目を終えるまでこうやって見張っているのだろう。

よしんば離れたとしてもどこに仲間がいるかは分からない。彼は『上』と言っているということは、組織立って動いている可能性もある。そしてそのトップが黒幕だ。

単純に考えれば、セイディーンの直属の上司であるトリニクスがきな臭いが、彼はアンドレイやエイデンの腰巾着だ。あの二人のどちらかが指示しているのかもしれない。

目的は王位の簒奪《さんだつ》か。

なれば、何故狙うのはヴァルゼスなのかという話になる。直接キリアンを弑した方が話は早いはずだが。それとも目的はもっと他に？　と考えて、行き着いた先は、アズ＝ガースだった。

やはりガドナの誰かが裏切ってアズ＝ガースと通じている。だからヴァルゼスをゾーイに襲わせて、協定の締結を阻止しようと？

そこまで推測できたら合点がいった。だから、ヴァルゼス自身を殺せるかどうかは重要ではないのだ。ただ、彼を怒らせて、協定締結を破棄させるように仕向ければそれで重畳。

そしてヴァルゼスを怒らせるのに有効的なのは、ゾーイだと考えた。

信用を置いていたゾーイが彼に刃を向け、そう仕向けたガドナに怒りを持たないわけがない。きっとデットリックもヴァルゼスが狙われたと知れば、黙ってはいないだろう。

ガドナが潰される。それをセイディーンは分かっているのだろうか。

「セイディーンさんは、このままガドナが滅んでもいいんですか？　もしも協定が結ばれなければ、アズ＝ガースの思うつぼです」

もしもまだ考えなおせるのであればと、揺さぶりを入れてみたが成果はない。こともなげに彼は『いいですよ』という。

「僕は所詮公僕ですから。偉い人のいうことは逆らえないんです」

「……どうしてそこまで冷酷になれるんですか？　もしも侵略されれば、いくつもの命が落とされる可能性だってある」

「見ず知らずの大勢の命よりも、大事なものがありますから。僕、大切なものは自分で決めるんです」

それには同感だった。ゾーイだって見ず知らずの他人より、大切な命がある。ゾーイの心を満たして幸せを与えてくれる人たちが。

倫理観もかなぐり捨てて、守るものを守らなければ。そうでなければ、このままゾーイは一生枷《かせ》になって終わってしまう。

それだけは嫌だとバロガロスを発ったのに、結局は同じことだった、しかもさらに最悪な枷となってヴァルゼスの前に立とうとしている。

「さて、決行は今日でお願います。時間が空いてしまうと、決心が鈍っちゃうかもしれませんしね」

——セイディーンに心臓を鷲掴みにされているみたいだ。先ほどから胸が痛くて息をするのもしんどい。

きっとヴァルゼスは許してくれない。こんな選択をするゾーイを恨むだろう。それこそ、彼を振ったときとは比べ物にならないほどに。

だが、それでも……守りたいものがあった。


「驚いたな。どうした?」

夜、ヴァルゼスの部屋の扉を開けるとヒューゴが出てきて、すぐさまヴァルゼスに取り次いでくれた。彼はゾーイの突然の訪問を喜んでいるようで、心が苦しい。

ヒューゴが部屋を出て、ヴァルゼスはソファーに座るようにとゾーイに指示をする。だが、首を横に振って、ソファーとは違う方向へと足を進めた。

「ここが……いい」

眼鏡を指で押し上げ、そっぽを向きながら言う。

「それがどういう意味か、分かってないわけじゃないだろう?」

ヴァルゼスはおや? と片眉を上げると、意地悪そうな顔で聞いてきた。もちろん、このベッドの上で散々啼かされてきたゾーイが、その意味を理解していないわけじゃない。わざとに決まっていた。

その誘いに乗るようにヴァルゼスもベッドに近寄り、ゾーイを見下ろす。

「俺に抱かれに来たのか?」

直接的な表現に顔にぽっと灯がともる。恥ずかしさを無理矢理呑み込んで、ゾーイはゆっくりと頷いた。そして彼に向けて両手を差し出す。抱き締めて、と強請《ねだ》るように。

それにはさすがのヴァルゼスも戸惑ったようで、目を丸くしていた。

「……どうした? お前からそんなことするなんてびっくりだ」

「別に……ただ、抱き締めてほしかっただけ」

ただ、それだけだ。最後にこのぬくもりを、身体に残せるようにしたかっただけの話だ。もう二度と触れられないかもしれないから。惜しむように彼の背中に手を回す。

やはり、セイディーンのときに感じた嫌悪がまったくない。ただここにあるのは幸福感だけで、それが嬉しくて目の前の大きな胸板に顔を擦りつけた。

「お前が甘えると可愛いな。もっと普段から甘えてくれればいいのに」

「今日は特別」

いつもなら恥ずかしくてできないことも、今なら何でもできそうな気がする。そうしておかないと後悔しそうだと思うと、思う存分甘えておきたい。

ベッドに押し倒されてヴァルゼスの優しい金の瞳が、ゾーイを愛おしそうに見つめる。キラキラと光るそれにも触れてみたくて手を伸ばし、目元を撫でた。

「……今日のお前は甘いな」

「チャク・チャークとどっちが甘い？」

「悩みどころだな」

手首にキスを落とされ、ぺろりと舐められる。甘味《あまみ》なんて感じるわけがないのに、本当に味見をする彼が可愛らしい。泣きたくなるほどに愛おしかった。

「でも、チャク・チャークよりも、お前が食べたい」

いったい、甘いのはどちらの方だろう。ヴァルゼスの方が絶対に甘い。

ゾーイに優しくて甘くて、愛を与えてくれる人。強引にゾーイの中に入ってきては心をかき乱すくせに、最後にはその際限のない愛で包み込んでは、『何も問題ない』と囁いてくる。

きっとゾーイの中の葛藤を知らないけれど、その怯えを感じ取ってはいるのだろう。

だから、今伝えなきゃ。

そうじゃなきゃ、もう永遠にゾーイの心の内を伝えることができない。

「――ヴァルゼス、私ね、ずっと怖かったの。いつか私の存在が、貴方から取り返しのつかないものを奪ってしまう結果になるんじゃないかって」

「奪うも何も、もう俺のすべてはお前のものだ。この身体も、心も。余すことなくお前のものなんだよ」

　分かっている。もうヴァルゼスには恐怖も迷いもないのだ。

　怖いのは、臆病になっているのはゾーイの方。

　自分から奪われるのであれば取り返せばいい、他で補えばいい。けれど、自分のせいでヴァルゼスが苦しむ未来があるのが怖い。

「……私は怖いよ、ヴァルゼス。貴方が傷つくのは、嫌」

「お前のために傷つくなら……本望だ」

　あぁ、どうしてこの人はこんなにも言葉を尽くしてくれるのだろう。

　きっとこんな果報者、他にはいない。ヴァルゼスに求められて愛されて、もったいないほどの言葉と心が何度も降り注がれる。

　守りたいのに、ゾーイにはその力がない。口惜しくて歯痒《はがゆ》くて、腹の中が捩《ね》じ切《き》れそう。

　傷つけたくないと願うのに、結局はヴァルゼスを傷つけてしまう。

「――ごめん、なさい……ヴァルゼス」

「謝るな……大丈夫だから、泣くな」

　眦《まなじり》に滲み出る涙を、ヴァルゼスが唇で吸い取る。宥めるようにキスの雨を降らし、ゾーイの心に寄り添おうとしていた。それが心苦しくて、ゾーイは何度も謝る。

そして、自分の懐に手を伸ばし、隠してあるナイフに手をかけた。

「──泣くな、ゾーイ。俺が何とかしてやるから、……だからお前はそれを使わなくていい」

だが、ヴァルゼスがその手に自分の手を乗せて、首を横に振る。

彼はここに何があるのかを知っていた。

「──どうして？」

「さっき抱き締めたときに気付いた。お前には随分と不似合いなものだな。……俺を殺すように命じられたのか？」

静かな声が真実を暴いていく。怒るわけでもなく哀しむわけでもない、淡々とした声はゾーイの心を凪《な》ぎ、恐怖を薄めていった。

「……だから私には暗殺なんて、無理って言ったのにね」

「そうだな。人選ミスだ。たしかに俺を殺せるのはきっとお前だろうが、お前はそんなことできない奴だ。ナイフを握るよりも、シャベルを握っている方が似合う」

「知ってる……私もそっちの方がいい」

苦笑しながらそう嘆くと、ヴァルゼスが笑って『そうだろ？』と得意げに言った。

包丁も碌《ろく》に握らないゾーイが、人を殺すナイフなんてうまく扱えるわけがない。軍人のヴァルゼスにバレるのも時間の問題だっただろう。

――けれども。

自分の足を持ち上げ空いている手に近づけて、ロングブーツに隠しておいた別のナイフを取り出した。懐に入っているモノよりも細くて小さい、暗器だ。これもセイディーンに念のためと無理矢理持たせられたものだった。

それを素早くヴァルゼスの首に突き付ける。

「お願い。そのまま動かないで」

まだ終わりじゃない。ここから本番だった。

「ごめんね、ヴァルゼス。私、貴方を殺すようにって脅された。お父さんを人質に取られて、さもなければばって。相手はセイディーン。多分、上から命令を受けていると言っていたから上司か、もっと上の人の駒なんだと思う。そこまでは聞き出せなかった」

ヴァルゼスはピクリとも動かずに、ゾーイの言葉を聞いている。少しずれればナイフの先が肉に食い込むかもしれないという位置に刃先があるのに、顔色も変えなかった。

「セイディーン……あいつか」

ここで初めて顔を歪ませる。セイディーンをもともと気にくわなかったらしい。徐々に恐ろしい形相に変わっていった。

「なら、そいつを捕まえて黒幕を吐かせれば万事解決だ。……ナイフをどけろ、ゾーイ」

けれどもゾーイは首を横に振る。

「お前の父親はちゃんと助けてやる。だから、ナイフを下ろせ」

「手を離して。そうしたらナイフを下ろす」

「ダメだ。……お前、いったい何をする気だ？」

ヴァルゼスが訝《いぶか》しみ、重ねた手を強く握りしめてきた。

「離してよ。ヴァルゼス。そうじゃなきゃ、貴方を本当に傷つけてしまう」

「やれよ。それでも俺はこの手を離す気はない」

「……ヴァルゼス、お願い」

「ゾーイっ！」

こんなに大きな声で怒られるのは初めてだ。焦燥感が見え隠れしている。

「今回で思い知った。私はヴァルゼスの弱みになっている。今回切り抜けても、また同じようなことが起こるかもしれない。怖いの。ヴァルゼスは私のために何でもしてしまいそうだから……傷だらけになっても私を守りそうだから」

脅威はどこにでも潜んでいる。デットリックが突き付けたものだけでなく、生命の危機にも晒す可能性があるのだと知らされてしまったのだ。

だから、覚悟を決めた。

ヴァルゼスを永遠に守るための覚悟を。

「それはお前も同じだろう？　いや、お前がしようとしているのは、俺よりも恐ろしくて怖いことだ」

「ヴァルゼスっ！」

悲鳴にも似た声を上げる。首に突き付けたナイフを、ヴァルゼスが掴んだのだ。刃が手のひらに食い込み血が滴り落ち、ゾーイの身体の上に降り注ぐ。

「馬鹿か、お前は。……馬鹿か」

他に思い浮かばなかった。ヴァルゼスも父も両方とも助けるためには、弱点になる自分を消すしかないと。今後も同じような目に合わせないようにするためには、自らを殺してしまうしかないと。

「でも……でも……私は、ヴァルゼスの重荷にだけはなりたくない。貴方を苦しめる存在には、なりたくないの」

愚かな考えだと分かっている。他にもやりようはあるだろうし、もっと穏便に済ませる方法もあるだろう。けれど、今はただこの危機を、ゾーイができることで大切な人を守るしかない。

「お前は……」

くしゃりと顔を歪めて泣きそうな顔をしていた。ナイフを掴む手が震えて、さらに血が溢れ

出る。

それが痛々しくて見ていられず、ゾーイはナイフから手を離してヴァルゼスに預けた。

「私の命をもって父を助けてほしい。もう二度と利用されない場所に、……できれば婚約者のエリスも一緒に。父はずっと私を育てるのに一生懸命だったから、どんな形であろうともその幸せを守ってあげたい」

父はエリスを紹介してくれたとき、照れた顔を見せて幸せそうに笑っていた。

ゾーイの心境を慮りながら許しを求めてきた父。ようやく自分の幸せを考え始めた父。

それをゾーイが奪うなんてできない。

「お願い。私の行動は今もセイディーンが外から窺っている。少しでも変な真似をしたらお父さんはどうなるか分からない。……でも、私にはヴァルゼスを傷つけるなんてできない。だから……」

セイディーンはヴァルゼスを襲えば後始末をちゃんとやると言ったが、そんなもの信用できるはずがない。彼にすべてを託すなら、この命の代わりにヴァルゼスに任せたいとそう思った。

叶うのなら自分の力ですべてを解決したいが、一人では何もできない。

口惜しいほどに、無力だった。

カン、と鋭い音が部屋の中になり響く。血塗《ちまみ》れになったナイフが床の上を滑り、ソファーの脚にぶつかって止まった。

「愛する者の犠牲の上に成り立つ幸せなど、クソくらえだ。お前の父親もきっとそう言って怒るだろうよ。そんな自己犠牲に満ちた答えを出されても、ただ哀しいだけだ」

「怒られたっていい、嫌われたってそれでも守りたいって思うから……」

「ならお前は俺や父親が同じようなことをしたら、それを黙って見過ごすか？」

言葉が詰まった。答えは一つしかないからだ。矛盾していると指摘されれば反論はできない。

そして言葉の代わりに涙が零れた。もうどうしていいか分からずに、堪らず手で顔を覆って嗚咽《おえつ》を漏らす。

「……なぁ、ゾーイ」

コツンと額と額をくっつけられて、しゃくりを上げるゾーイにヴァルゼスが問いかけてきた。

「お前、使えるものを何でも使う性格じゃないか。何で今回俺を頼らない？　俺を使って助けを求めればいい。ただ一言、俺にそう言ってくれれば……」

「それが嫌なんじゃない……私だって貴方に関しては考えなしには突っ走れないよ。――大切だもの。大切だから、絶対に失いたくない」

「だから、そうならないように一緒に考えようって言っているんだよ、馬鹿」

笑い交じりでそう言ってのける声は、力強くて真っ直ぐだった。ゾーイは手を外して、ヴァルゼスの顔を見る。彼の顔は言葉とは裏腹に優しかった。

「俺は死ぬつもりもお前を失うつもりもない。お前と共に生きて、考えて、答えを出して。そうやって幸せをつくっていきたいだけなんだ。――だから、俺を信じろ。お前が思うほど俺はやわじゃない」

どんな言葉を尽くされても、大丈夫だと抱き締められても不安は残る。

でもそれ以上に一緒に考えたいと言ってくれたことや、信じろと揺るぎない言葉をくれたことに、ゾーイも頷いた。

確信はない。けれど、ヴァルゼスを信じたい。

博打《ばくち》のように不確かな未来。困難が待っているだろうし苦労もするだろう。だが、その危惧を上回るほどにヴァルゼスを愛していた。

もうどうしようもないほどに、この人に囚われている。

「――助けて……助けてヴァルゼス……」

首に抱き着き、彼の胸の中に飛び込んだ。顔をくしゃくしゃにして縋るように。もうこの一人では立ってはいられないと崩れると、ヴァルゼスは逞しいその腕の中に招き、ゾーイを閉じ込める。

泣きながら何度も『ごめんなさい』と謝るゾーイの背中をさすり、涙を拭ってくれるヴァルゼスは耳元で確かな声で言った。

「あとは俺に任せろ、ゾーイ」

第五章　ガドナの禍根

静謐《せいひつ》に包まれた部屋の中では、誰もが慄《おのの》き言葉を発せなかった。

漂う血の匂い、ピンと空気は張りつめたような緊張感。そして向けられる疑心の目。

その異様な空気の中、ただ一人カウチに足を組みながら座るヴァルゼスは、集まってきた面々を鋭い視線で貫く。

——ヴァルゼスが襲われた。

その一報を受けて集まった衛兵をはじめ、トリニクスやアンドレイ、キリアンが部屋の前で佇《たたず》み、事態の把握に苦心をしている。その後ろに隠れるようにして立つセイディーンの姿も見えた。

口火を切ったのは、キリアンだった。

「……ヴァルゼス、殿下……これはいったい……」

どうしたことだ、と続くはずの言葉が上手く出せずに、息を呑み込んだ。先ほどから誰よりも身体を震わせているのもキリアンで、信じがたい気持ちでそこにいるのもまた彼だった。

ちらりと青い瞳がベッドの方へと向けられる。

その瞬間幼い顔は顔色を失った。

「……うそ……そこにいるのは……ゾーイ、なのですか？　彼女、血塗れで……」

「部屋に入るな」

一歩足を踏み出したキリアンに、ヴァルゼスはピシャリと言い放つ。

ヴァルゼスの部下であるジェイも立ち入りを防ぐように、手を横に上げた。

「これは俺が売られた喧嘩だ。バロガロスが検分をして処分をする。そちらは手を出さないでいただこう」

これはこちらの領分だと、ヴァルゼスは険を含めて言う。本来ならばガドナ国内で起きた事件だ、ガドナ国が総力をもって解決すべきだろうが、誰も彼の言葉に異を唱えなかった。唱えられる状況でもないと、誰もが知っていた。

「ゾーイは……生きてますか？　それだけ……それだけ知りたいです」

可哀想に、キリアンの唇は戦慄《わなな》き今にも泣きそうだった。それでも泣き出さずにグッと涙を堪えているのは、信じているからだろう。

ベッドの上で血塗れになって横たわるゾーイがまだ生きていると。

「悪いな、キリアン。俺も命を狙われれば手加減できない」

「そんな……」

一瞬で絶望に濡れたキリアンは愕然として、とうとう膝を折る。

「お前の国の誰かが俺の友人を脅し、俺を襲わせた。それがガドナにとってどれほどまずいか分かるだろう？　俺はこれでも相当頭にきている」

呻くように怒りを露わにするヴァルゼスの言葉に、キリアンはハッとして顔を上げた。今は一個人の感情よりも、国家の危機、そしてこの城にいる誰かの不始末をどうにかしなければならないと気が付いたようだ。

「……申し訳ありません、ヴァルゼス殿下」

覚束ない足を叱咤しどうにか一人で立つキリアンは、眦に溜まった涙を拭う
「こんなことになり、なんとお詫びをすればいいのか……。この国の総力をもって解決と贖罪《しょくざい》に努めさせていただきます。何でも協力します」

頭を下げて謝罪をするキリアンとは対照的に、アンドレイとトリニクスは比較的冷静だ。下手に動かずにこちらの出方を見ている。

そしてセイディーン。彼はうっすらと笑っていた。ヴァルゼスを嘲るようなその顔に怒りの業火が燃え盛る。カウチの手摺《てすり》に爪を立てて、舌打ちをした。

「ジェイ！　そいつを捕まえろ！」

　ヴァルゼスは自分の部下にそう命令を下すと、部屋の外で控えていたジェイが素早く動いてセイディーンを捕らえようとする。だが、その動きをひらりと躱してジェイに蹴りを食らわせた彼は、ハハと笑った。

「ええ～？　僕に疑いがかかってるんですか？　嫌だなぁ。もしかして手当たり次第です？」

　この期に及んでへらへらと笑う彼に苛立ち歯噛《はが》みをする。今ここでどうしても捕えておかなければならない。

　アンドレイが驚きの声を上げた。トリニクスも焦った様子で止めに入る。

　そうこうしているうちに、這いつくばる体勢になったセイディーンの背中に膝を乗せて、動きを封じたジェイは、後ろ手に両腕をまとめて反撃を封じた。

　突然繰り広げられた捕り物劇に、皆が騒然となる。

「ヴァルゼス殿下！　セイディーンがいったい何をしたというのです！」

　その横でセイディーンの上官であるトリニクスが、納得がいかないと噛《か》み付いてきた。アンドレイも同じく説明を求めたいと言い、皆がヴァルゼスに注目する。

「何をしたか？　そんなに聞きたいのなら奴に聞いたらどうだ？　貴殿はあれの上官だろう？」

ヴァルゼスがつれなく言い放つと、トリニクスは口を歪めて睨み付けてくるだけで何も問おうとはしなかった。

だが、焦れたアンドレイが、トリニクスを差し置いて先にセイディーンに聞いてきた。何かこんなことをされる理由があるのかと。

「それは、僕がゾーイさんを脅してヴァルゼス殿下を襲わせたから、と殿下はおっしゃりたいのでしょうねぇ」

「言いたいのではない。そうだと言っている」

曖昧な言葉に苛立ち訂正すると、そこら中から驚愕の声が上がった。信じられないと口々に皆が騒ぐ。

だが、セイディーンは至って冷静で、むしろ、今この状況を楽しんでいるように見えた。

「参ったなぁ。これから僕、拷問とかされちゃうんですよね？　バロガロスの拷問ってエグいって聞くから、できればごめん被りたいですねぇ」

「お前が黒幕を吐いたら、それなりで勘弁してやろう。それまで五体満足でいられるといいな」

「黒幕？　何のことですか？　僕はただゾーイさんで遊んでいたんですよ。知ってます？　ゾーイさんのあの泣きそうな顔、凄いそそるんです。それが見たくて意地悪しちゃいました」

とぼけて軽口を叩くセイディーンを黙らせるように、ジェイがさらにきつく腕を締め上げ言葉を奪う。その様子を睨み付けながらヴァルゼスは、怒りを必死に堪えた。

それでも激高せずに平静を保っていられるのは、ゾーイのおかげだ。彼女をどんな脅威からも守らなければという強い気持ちが、理性を引き戻していた。

「たとえお前がどれほど黒幕を庇《かば》おうと、そいつはお前を助けない」

「その黒幕……たとえばの話、いたとしても僕、助けてもらえるなんて端から期待してません。自分のことは自分で何とかしなきゃいけないんですよ、最終的には」

「……なるほどな。どうやら拷問がお好みのようだ」

果たしてそのいけ好かない顔をどこまで維持できるか見物だ、とヴァルゼスは鼻で笑った。自慢ではないが、人をいたぶるのは得意な方だ。死なない程度に責めて、その口を割らせてやると仄暗《ほのぐら》い気持ちが沸々と沸き起こってきた。

だが、そんな彼を見て、止めにかかった人間がいた。

キリアンだ。彼がヴァルゼスとセイディーンの間に立ち、こちらに強い視線を向けてきた。

「ま、待ってください、ヴァルゼス殿下。セイディーンは……その……セイディーンの罪は、我々の方でもちゃんと調べて……」

「陛下。もしもそちら側で調べたとしても、俺はそれを信用できない。このタイミングで俺の命が狙われたのは、協定を結ぶことを良しとしない誰かが、ガドナにいるということでは？」

「それは……」

「ましてや、そいつがアズ＝ガースと繋がっていたら？　誰が裏切り者で誰が俺を殺そうとしたのか分からない以上、ガドナのことは一切信用できない。──両国の軍事協定の締結も白紙に戻す方向でも考えている」

「そんな……！」

キリアンが悲痛の叫びを上げた。ここまで話を重ねてようやく締結目前まで漕《こ》ぎ着《つ》けたというのに、そのすべてをなかったことにするなんて信じられないと泣きそうな顔でヴァルゼスを見る。

「お待ちください、殿下」

冷酷に言い放つヴァルゼスの言葉に、アンドレイが立ち上がる。焦りを含んだ顔をする彼は、説得しようと試みてきた。

「今回のことに関しては、我々側の不徳の致すところ。不信感を持っても致し方ないとは思っております。ガドナの調査が信頼できないのであれば、バロガロスでお調べになっても大丈夫です。こちらもそれには積極的に協力いたしましょう。ですが、協定の締結は予定通り行われるべきかと。それによってもたらされる両国の利益は、今回の不祥事を鑑《かんが》みても補って余りあると思われます」

「ほう……俺の命と国益を天秤にかければ、国益を取るべきだと？」

「そうは言っておりません。ただ、貴方はバロガロス帝国皇帝の代弁者。果たして一個人の感情で、国同士の約束をなかったことにしてもよろしいのですか？」

アンドレイは大使としての責務を果たせと暗に言ってきているのだ。感情的になって職務を放棄してもいいのかと。

「悪いが今回の協定の全権は俺に一任されている。成すも成さぬも俺次第だと陛下のお言葉はいただいているゆえ、ここで白紙に戻したとしても何も問題はない」

だが、ヴァルゼスはそれを一蹴する。皇帝のお墨付きをもって言われてしまえば、アンドレイも、そこからヴァルゼスの頑《かたく》なな態度を切り崩すことは困難だと分かり、口惜しそうに口を噤んだ。その顔には苦悶《くもん》の表情が浮かんでいる。

「ですが殿下……」

ところが、ここでトリニクスがスッと前に出て進言してきた。

「もしこのまま協定が成されなければ、アズ＝ガースが我が国に攻め込んでくるのは必至。それなのにわざわざそのリスクを負って、殿下を襲った理由は何でしょう？　果たしてそれは政治的な理由でしょうか」

そもそもこれは、政治的な問題なのかとの疑問を呈して。

「エスカフロリアを通訳に指名してきたのが殿下の方です。旧知の仲だと聞いております。そしてセイディーンは彼女と共に行動をしていた。三人の距離の近さを見れば、これは痴情の縺《もつ》れということは考えられませんでしょうか。彼もエスカフロリアと遊びたかった、と言っておりますが？」

「ほう……？　それについての反論はあるか？　セイディーン」

トリニクスの言葉の真偽はどうなのかと聞くが、彼は何も言わずに笑顔を返すだけだった。

「あの男は、意外に情熱的な部分もありましてね。ああやって何でも笑顔で隠すので私も彼の性格は掴みかねているところではあるのです」

だから政治的な判断をこれによって下すべきではないと、視点を変えて責めてきた。果たしてこれはガドナ国がすべての責を負うべきなのかと。

そこにトリニクスは終着点を置きたいようだ。

「そうであるならば、セイディーンの不始末の責は、上官である貴殿の首をもって償うべきだろうな。どちらにせよ俺の意思は変わらんが」

「貴方の気がそれで治まるのであればそれも辞さない覚悟ではありますが、そうなればガドナ側にも不信感が高まりましょう。できれば穏便に解決していきたいと。どうでしょう？　ここは一度延期という手を取って、また再び落ち着いたころに話し合いの場を設けるというのは」

ガドナ側の人間は、皆一様にトリニクスの提案を後押しする者が多かった。それは妙案だと口を揃えてキリアンに進言する。

キリアンはちらりとヴァルゼスを窺い見てきた。

「……私もトリニクスのこの提案に乗りたいのですが、ヴァルゼス殿下、お許しいただけませんでしょうか」

これ以上、話を拗《こじ》らせるのはキリアンにとって大きな負担になるかもしれない。そう考えて、延期の案を呑もうとした。

そのときだった。

「……くっ！」

突然ジェイの声と、そして何かが暴れるような音が聞こえてきた。

咄嗟にそちらに目を向けると、いつの間にかセイディーンがジェイの拘束を抜け出して、寝転がったまま彼の横っ面に蹴りを食らわす。堪らず横に身体を反らしたジェイの首に膝の裏を当てて、そのまま床へと引き倒した。

その流れるような一連の動きは、およそ役人のものとは思えないものだった。

「あ～あ。もうゲームオーバーかぁ。残念」

茶の瞳を眇めて、挑発するような視線をヴァルゼスに向けてくる。ピクリとこめかみが震えて瞬時に頭に血を上らせたヴァルゼスは、カウチから立ち上がりセイディーンを睨み付けた。

「ただちょ〜っと殿下を傷つけるだけでいいって話だったのに、まさか殺されちゃうとは。意外でした。貴方の愛ってそんなものだったんですねぇ」

「お前がそうさせるように仕向けたんだろう」

「そうですね。でも、僕、貴方がたの愛の強さってやつ、見てみたかったんですよねぇ。極限状態になったとき、果たして二人はどうするんだろうって」

そうにこやかに言うセイディーンは、耳につけた大ぶりなピアスを外す。

「なかなかのショーでした」

ジェイの頭を掴んで思い切り床に叩きつけると、ジェイは気が遠のいたように一瞬白目を剥き、そしてそのまま気を失う。それを確認したセイディーンは、おもむろにそこから立ち上がって、ゆっくりと後退した。

廊下の窓から満月が臨む。

それを背にセイディーンは立ち止まり、笑顔を浮かべていた。

「安心してください。僕は口が堅いと定評があるので、拷問される前にちゃんと消えますよ。

——どうぞ、ご武運を」

そう静かにセイディーンが告げると、彼は手に持っていたピアスを口の中に入れる。

「やめろ！」

ヴァルゼスは止めようとするが時すでに遅く、彼の口の中でピアスは噛《か》み砕《くだ》かれてゴクリと呑み込まれた。

「それでは皆様、ごきげんよう」

紳士が礼を取るようにお辞儀をすると、セイディーンは息を徐々に荒げて首を手で押さえ込んで苦しみ始めた。

「毒だ！　今すぐ吐き出させろ！」

いち早くアンドレイが気が付いて衛兵に命令するが、セイディーンは空気を求めて喘ぎ身体を痙攣《けいれん》させて床に倒れた。そして、ピクピクと手足を何度か震わせた後に、動かなくなる。

念のために近くにいた者が脈を確認するも、絶命していると告げてきた。悲鳴が上がり、その場が騒然となる。その後セイディーンの胸を押したりとどうにか息を吹き返さないかと手を尽くしたが、終《つい》ぞ彼が目を開けることはなかった。

「――クソっ」

思わず悪態を吐いた。できることならゾーイを苦しめたあの男を、ヴァルゼス自らがズタズタに切り裂いて、ゾーイが味わった以上の痛みと苦しみを味わわせてやりたかったのに。

黒幕も聞き出せないままセイディーンが死んだとなると、話が変わってくる。

ヴァルゼスは口元に手を当てて考え込む。やはりここは仕切り直した方がよさそうだ。

「キリアン陛下」

人の死を目の当たりにして、キリアンは呆然自失となっていた。ジィっと動かなくなったセイディーンを見つめながら微動だにせず、身を震わせている。

ヴァルゼスはそんな彼の肩を掴んでこちらを向かせ、目を合わせて再度名前を呼んだ。

「キリアン」

「……は、はい」

ようやく我に返ったキリアンは、緊張した面持ちでヴァルゼスを見返す。だが、その瞳には怯えの色が見え、これからどうなるのかと戦々恐々としているようだ。

「いいだろう。協定に関しては一度延期をして、デッドリック陛下の判断を仰ぎ再度検討しよう」

「……はい！　ありがとうございま……」

「だが、忘れないでもらおう。どんな形であれガドナはバロガロスに牙を剥いた。それを皇帝陛下がどう判断するかは俺にも分からない。万が一その間にアズ＝ガースが攻め込んできても、助けは期待できないものと思え」

最後にアズ＝ガースのことに関して釘《くぎ》を刺すと動揺が走ったが、キリアンは今はそれで構わないと頭を下げた。

「明朝、ここを発つ。再交渉の場を設ける場合は追って連絡しよう。そのときにはガドナの誠実な対応を期待する」

今度こそ、それに異を唱えるものはいなかった。

その場を一旦は収拾すべく、皆が動き始める。セイディーンの遺体をガドナの兵士が運び、一刻も早く元通りにしようと動く中、ヴァルゼスの部屋の方にも兵士たちはやってきた。

「ゾーイ・エスカフロリアの遺体もこちらで処理します」

「断る。彼女は俺の友人だ。そして俺が手にかけた。俺が自ら責任をもって葬ってやりたい」

兵士の言葉を一蹴して追い返そうとしたが、その後ろからキリアンが顔を出す。

そして頬に涙を一粒零して、ヴァルゼスに懇願してきた。

「……お願い、します。最後にゾーイに会わせてください。直接会って、彼女に謝罪を……したいのです。最後の……お別れを……」

必死に泣き崩れないようにと押《お》し留《とど》めていた嗚咽は、キリアンがクシャリと顔を崩すと同時に零れ出た。こんなことに巻き込んでしまったお詫びをしたいのだと、頼み込んでくる。

ヴァルゼスはおもむろに身体を屈めて、キリアンの耳元に口を寄せた。そしてある一つの真実を告げると、彼はハッとした顔でこちらを見上げて目を丸くする。

誰にも見つからないようにシィっと唇に人差し指を当て、小さく頷いた。


部屋の外ではまだ何人かがバタバタと慌ただしく歩く音が聞こえてきていたが、それもいつの間にかなくなっていた。

アンドレイに新たな部屋を用意すると言われそれを断ったヴァルゼスは、いまだに血の匂いが残る部屋にいる。その隣には、心配そうにこちらを見るゾーイが。

ヴァルゼスは血塗れになってしまっている彼女に自分の外套を着させて、部下が一緒に行くので、すべてが終わるまで身を潜めるように言った。

死んだとみせかけ、利用価値がなくなったと敵方に思わせることにより、ゾーイとそして間接的に彼女の父親を危険から遠ざけたがそれも一時的だ。

いつ生きていることがバレて再び利用されるか分からない。

だが、彼女は素直にそれに首を縦に振らない。自分のせいでこんなことになってしまったと、負い目を感じているようだった。

「私だけ逃げるなんて……隠れてここにいちゃダメ？」

「馬鹿。何のために、お前が死んだように見せかけたと思っている。あちら側にもうお前を利用することができないと見せつけて、危険から遠ざけるためだろう?」

「そうだよね……」

口では納得している素振りを見せているが、まだ顔が渋っていた。小さな口を尖らせて、どうにかここにいる理由を探しているようにも見える。

そんな彼女のつむじにキスをして後頭部を撫でてやると、ピタリを動きを止めて目元を赤くし、こちらを睨み付けるように見上げてきた。

こんな稚拙な触れ合いよりももっと濃厚な接触をしているのに、毎度動揺するゾーイが可愛らしくて仕方がない。

ヴァルゼスだって本当は、片時も離れたくない。側に置いて、この腕の中に閉じ込めておきたいのだ。だが、今はそれよりもゾーイ自身の身の安全の方が、大事だった。

「ゾーイ、ここからは俺の領分だ。心配してくれるのは嬉しいが、お前が安全な場所にいてくれた方が安心していられる。俺のことを思ってくれるのなら、そうしてくれ」

強く抱きすくめて、懇願する。

ラベンダーの香りの中に混じる、ゾーイの香り。

当分は会えなくなるだろう。ガドナにいる日もあとわずかだというのに、ゾーイに会えない日が続くと思うと辛い。

「また……会えるよね？」

「もちろんだ」

「私、ヴァルゼスにちゃんと……ちゃんと伝えたいから、だから……っ」

眼鏡の向こうのゾーイの目が潤み始め、唇も震えていた。つっかえて出てこない言葉を、懸命に押し出そうとしている姿が愛おしくて、宥めるように頬を擦る。

すると、眦に溜まっていた涙がポロリと零れ落ち、ヴァルゼスの手を濡らした。

「無事でいて……」

「必ず、お前のその言葉を聞きに行く。だから……待っていてくれ」

涙を拭いながら、ゾーイは部下と一緒に窓から城を抜け出していった。

そして、今は顔を腫らして厳しい顔をしたジェイと、部屋に二人きり。

彼は己の失態を言い訳もせずに詫び、そして処罰を望んだ。だが、そんな気も暇もないヴァルゼスは、『今度こそしくじるな』とだけ言うと、ずっと気を張っている状態だった。

それに……と、セイディーンのあの動きを思い出す。

もしかすると、どこかで訓練された傭兵《ようへい》か、それとも誰かの懐刀だったのか。考えても明確な答えは出ないが、最後に彼はこう言った。

『ご武運を』と。

それが、もしも仲間の誰かに向けた餞《はなむけ》ならば、おのずとその相手はあの中にいると絞られる。

「大佐」

いろいろと目を閉じて思考を巡らせていると、扉を小さく叩く音が。

ジェイに目配せをして、訪問者を部屋に入れるように指示をした。

「ど、どど、ど、ど、どういうっ」

「落ち着け」

突進するように中に入ってきたキリアンは、混乱して言葉にならない様子でヴァルゼスに詰め寄ってきた。

深呼吸をさせてある程度荒かった息が整うと、二人で腰を落ち着けて話し始める。眉根を寄せてちらりとゾーイが横たわっていたはずのベッドを見たキリアンは、少し怒ったような口調でヴァルゼスを問い詰めた。

「ゾーイが生きているって、本当ですか？」

半信半疑、といった目を向けるキリアンは、真っ直ぐにヴァルゼスを睨み付ける。先ほどまで震えながら涙を流していたのに、本当はゾーイが生きていると聞いて哀しみが薄れて代わりに混乱と怒りが込み上げてきたのだろう。

騙されたのだから当然だな、とヴァルゼスは苦笑して、大きく頷いた。

「ゾーイは生きている。ちゃんと生きているから大丈夫だ」

その瞬間、キリアンから一気に力が抜けて、歓喜でいっぱいになった。戸惑いは残るものの、とりあえずはっきりとした答えが再度もらえて安心したようだ。

不安が解消されれば、次に様々な疑問点が浮かんでくる。キリアンは神妙な顔でさらに質問を続けた。

「あの大量の血はどこから？　あんなに血塗《まみ》れで……」

「俺の血だ。ちょっとひと悶着《もんちゃく》があってな。そのときに出た血と……まぁ、それだけじゃ足りなくて他の箇所も切ったが、それをゾーイに塗りたくって服も傷口に見えるようにちょっと切ったりして偽装した」

ほらな？　とヴァルゼスが血の滲んだ包帯に巻かれた手を見せると、キリアンはホッと安堵《あんど》し、ようやく笑顔を見せてくれた。

「……よかった……よかったです……ヴァルゼスがゾーイを殺してなくて……ゾーイが死んでなくて……本当に、本当に……」

「心配かけたな。すまない」

キリアンは、笑いながらもその眦に涙を浮かべていた。きっと恐ろしくて仕方がなかったのだろう。だが、あの緊張感と恐怖の中、キリアンは王として立派だったと褒めてやりたかった。途中ハラハラした部分もあるが、よく持ち直したと。

小さな頭を撫でてそれを労《ねぎら》う。

ある程度泣いて落ち着いたキリアンは、少し恥ずかしそうに『すみません』と言って鼻をすすった。目元と鼻が真っ赤になるまでまた泣いてしまったのを照れているようだった。

「ヴァルゼスがゾーイを殺すわけないですよね……そうですよね。あんなに仲良かったし、ヴァルゼスはゾーイを好きなのでしょう？　ということは、あれはゾーイを助けるための偽装ですか？」

だが、冷静になった途端に状況を分析し始め、真意を問うてくる。キリアンの成長を感じたヴァルゼスは、深く頷いて説明を始めた。

キリアンは唇を噛み締めて悔しそうに俯く。

「それはつまり……この協定を潰そうとする輩がこの国にいるということですよね？　トリニクスは否定しようとしていたけれど、ゾーイがそう聞いたのならきっと……」

「そうだな。そしてやはりそいつはアズ＝ガースに繋がっているようだ」

弾《はじ》かれたように顔を上げるキリアンは、信じられないと目を見開く。

「先日、ゾーイに言われてギャーグレン遺跡にヒューゴを走らせたが……いたよ。あれはアズ

＝ガースの兵士に間違いないとのことだ。言葉があちらのものだったと報告を受けている」

遺跡の出入り口付近に潜む数人の男。ガドナの人間の色とは違う容姿に、アズ＝ガースの言葉を話していた。会話を盗み聞きするに、何かの到着を待っているようだとヒューゴは話す。

「どちらにせよ、アズ＝ガースがガドナ領内に入っているということは、看過できない。協定締結前だが、すぐに動けるようにヒューゴが小隊を率いていつでも出られるように国境の外で待機中だ。事後報告で申し訳ない。だが、お前の許可が下り次第、遺跡の連中は捕らえる」

いつでも動けるようにとは手は打ってはいたが、ここはあくまでガドナの領内。力を貸すことはできるが、決定を下すのは国王であるキリアンだ。彼を蔑ろにしては障りがある。

「構いません。そのまま我が国に侵攻しないと約束してくれるのであれば」

「もちろんだ。一時的に兵を貸すという形にしよう。指揮官はお前だ、キリアン」

「では、さっそくお願いします」

これは完全に信頼関係で成り立った約束だ。だが、書面で果たされる約束よりも遥かに重要で、冒しがたい。ゾーイのために、そして小さな一人の王のために力を貸したいと、もがきながら踏ん張るキリアンを見て思ったのだ。

自分もまた、こうやって誰かに背中を押されて、ここまでやってきた人間だからだ。

「行け、ジェイ。今度はしくじるなよ？」

「この命を賭して果たしてみせます！」

挽回の機会を得たジェイは、丁寧に頭を下げて部屋を飛び出していった。ここからギャーグレン遺跡までは馬を走らせて三時間ほど。幸い雪も降っておらず問題なく辿り着けるだろう。

そちらは部下に任せて、ヴァルゼスたちはまた別にやらなければならないことがある。

それこそ犯人の炙《あぶ》り出《だ》しを急ぐ必要があった。唯一の手掛かりであるセイディーンを失った今、どうにか自分たちで導き出さなければなるまい。

「キリアン、あれから調べて何か分かったか？」

「いえ……あまり。やはり僕に口を開いてくれる者は少なく……すみません」

「そうか、気にするな。次の手はもう打ってある」

となると次の手だ、とヴァルゼスは口元に手をやって考え込む。

「あとはどうするんですか？」

「あちら側が動くのを待つ。きっと今夜中には走るはずだ。俺たちがこの国を出た瞬間を狙って、アズ＝ガースはガドナに攻め込むだろうからな。あちら側に協定の延期とバロガロス側の帰還を報せに、使者をやるだろう。それを拿捕《だほ》し黒幕を吐かせる。まぁ、その前に遺跡にいる小隊が仕事を終えてジェイが帰還すれば、黒幕の名前もおのずと分かるだろう」

そのために部下を待ち伏せさせている。ヴァルゼスたちは彼らが仕事をしてくれ、報告を上げてくるのを待つだけだった。

「ゾーイの父上の捜索はこちらで極秘裏に進めています。彼女の言う通り城の地下牢《ちかろう》に囚われているままであれば、ほどなく報告がくるかと」

「助かるよ」

きっとゾーイも今か今かと待っていることだろう。

「ゾーイはどうしています？」

「今はすべてが終わるまで隠れている。一応あいつはまだ『死人』だからな。完全に安全が確認されるまで、身を潜めておいた方がいいだろう。これ以上あいつに負担はかけられない」

ゾーイは結局利用されただけだ。ガドナとバロガロスの決裂を狙った誰かに。それに巻き込んでしまった申し訳なさや、守ってやれなかった口惜しさもある。

『俺を信じろ』と彼女に言った以上、全力で危険から遠ざけておきたい。

「あの、ヴァルゼス……聞いていいですか？」

ゾーイを思って考え込んでいると、キリアンが聞きづらそうにこちらをちらちらと見てきた。

ヴァルゼスはそれに頷くと、頬を桃色に染めて少し声のトーンを小さくする。

「ヴァルゼスは……その……ゾーイを愛しているんですよね？」

「あぁ、そうだ」

するると、彼はしばし考え込むように押し黙り、そして再び問いかけてくる。

「僕たちの結婚は容易ではないじゃないですか。僕もそろそろ婚約者をつくるようにと進言されてて、これが終わったらその選定に入る予定です。でもそれはいずれもそれなりの家の娘です。政治的にも国の利益も鑑みての結婚になると思うのですが、それはヴァルゼスも同じではないですか？　皇弟であってもそこは変わりはないと思うのですが」

「そうだな。自由の身ではない」

「じゃあ、どうするのです？　ゾーイは一般市民でガドナ国民です。結婚は難しいですよね？もしかして……愛人とか、ですか？」

自分で聞いておきながら、キリアンはとても悲痛な顔をする。ヴァルゼスと同じ立場だからこそ、気になってしまうのだろう。愛しているのに、これから二人はどうするのかを。

「まさか。俺はそんなつもりは毛頭ない。俺には……ゾーイだけだよ」

だからか、そうはっきり言うと安堵したような、悩むような複雑な顔をしていた。

「ヴァルゼスには、他の選択肢はないんですね……」

それは純愛で美しいものに思えるが、一方では自分の立場を顧みない利己的な行動とも言えるだろう。だが、そんな批判を乗り越えて手に入れたいと思えるのがゾーイだった。ゾーイだけが、ヴァルゼスに未来をみせてくれたのだ。

「ゾーイは、自分で掴めるものは全力で掴みに行く人間なんだ。そのためなら、がむしゃらになれる。それが彼女のよさでもあるし、ある人間にすれば疎ましくも映るだろう。——だが、俺はそこに強烈に惹かれた。中途半端な迷いを打ち消す光だった」

光に集まる蛾《が》のように吸い寄せられたと言ってもいい。

最初はほんの暇つぶしだった。デットリックから無理矢理休養を言い渡され不貞腐《ふてくさ》れながらも暇を持て余し、本を求めて足を向けた図書館で出会った異国人の女。

彼女の不遇さに手を貸したのも、いつまでも過保護な兄への意趣返しでもあったのだ。何もできない、守られているだけの子どもではもうないのだと。

それだけの関係で終わるはずが図書館に行けば、彼女はまた隅っこで懸命に本を捲っている。時には司書と喧嘩をしてもがいている姿を陰から見ていたが、とうとう口を出してしまった。その頃にはゾーイのひたむきな頑張りに感化されていたのかもしれない。

それから頻繁に会うようになって、彼女を知るたびに思い知った。自分は何て子どもだったのだろうと。デットリックが過保護になるのも致し方ないと、笑えもしたのだ。

皇帝である兄の庇護《ひご》のもとで恵まれた暮らしをしているくせに、それに卑屈になって不満を持ち、出自を理由に非難されれば自分のせいではないと不貞腐れていた。何一つ自分の力で成しえていないのに、ただ見栄《みえ》だけが一人前の未熟で愚かな人間だった。

だからゾーイに憧れもしたし、心も奪われていった。

意を決した告白はあっけなくも断られてしまったが、それでも諦められなかったのも自分はまだ全力を出せていないと思ったからだ。まだ、ゾーイに対してできることはあると。

それからは、己の殻を破る努力をし続けた日々だった。彼女に再び相まみえるとき、少しでも成長し強くあれるように。万が一恋人になれた場合に発生する諸問題に振り回されずに、大切な人を守れるようにと。

今回、ガドナへの大使を買って出たのもヴァルゼスだ。ヴァルゼス個人としての力を国に知らしめて、デットリックから独り立ちできるのだと見せつけるいい機会だと考えた。

ゾーイとの間に立ち塞がる壁を、ひとつ残らずに打ち砕きたかったのだ。

「ゾーイもお前も、俺の立場を心配しているんだろうし、それは俺も痛いほどに理解している。だが……思わないか？　一番欲しいものを手に入れられないほど軟弱な人間が、人の上に立つにふさわしいのかと。諦めと卑屈にまみれた退屈な人生にはもうたくさんだ。俺は欲しいものを堂々と欲しいと言えるような人間であり続けたい。ゾーイと生涯を共にするには、それくらいの覚悟はしておかないとな」

目元を和らげてヴァルゼスが微笑むと、キリアンはその姿に見蕩れながら大きく頷く。

強くありたいと願うのはキリアンも同じだ。これが少しでも彼の中の不安に対する答えになればいいと願う。

「僕も……僕もヴァルゼスのように強くなれるでしょうか？　……いえ、強くなりたいです。自分のためにも、いつか現れる大切な人のためにも」

「そうだな。人は何かを強烈に思い求めるとき、強くあろうとするのかもしれない」

金色の小さな頭に手を乗せてわしゃわしゃと撫でると、キリアンは気恥ずかしそうに、そして嬉しそうに目を眇めた。

それからヴァルゼスの部下が内通者を捕らえたと報告しに来たのは、ほどなくした頃だった。

「まさかすべて貴方の指示だったとは……。貴方は未熟な僕を支えてくれる忠臣だと思っていたのですが、残念です……」

キリアンの落胆の声がホールに響き、誰しもが彼に注目していた。

ここは断罪の場だ。二国間の友和を阻み、ヴァルゼスを傷つけ退けようとした本当の黒幕が捕らえられ、床に転がっていた。

「何か申し開きはあるか？　ゴルジェイ・トリニクス」

ヴァルゼスもまた、その真意を問うためにキリアンの隣にいて、こちらを睨み付ける彼を睥《へい》睨《げい》していた。

「何もかもお調べでしょう？　他に何か聞くことはあるのですか？」

だが、ここにきてしおらしい態度を取る気はさらさらないらしく、トリニクスは縄で縛られてもなお強気な態度だ。それには感心はするが面白くはない。

「たくさんあるだろう？　たとえばアズ＝ガースと通じて何を企《たくら》んでいたのか。遺跡の中にある隠し通路の存在を教え、そして軍事協定が成される前にガドナに攻め込ませようとした。その見返りは何だ？　金か？　地位か？」

思い当たるものを列挙すれば、トリニクスはそれらをすべて鼻で笑い飛ばし、『そんなもの』と吐き捨てる。

「じゃあ、どうして……」

不可解だとキリアンが問い、動揺して息を呑んだのが分かった。トリニクスが仄暗い瞳でキリアンを見ている。その瞳の奥に潜むのは、明らかな憎悪だ。

「……陛下、私にはすべてを壊しても手に入れたいものがありましてね。それはそれはもう……是が非とも手に入れて、そしてこの手でこれ以上ないくらいに傷つけて壊したいのです」

「それは、この国が滅ぼうとも構わないほどのものだと？」

「国がどうなろうと、今さら関係ない。私のすべては……家族だった。でも奪われた。だから、復讐するしかないでしょう？」

それは当然のことなのだとでも言うように口ぶりだ。その言葉に迷いがなく、故にトリニクスの抱える恨みのようなものが根深いと分かる。

「待て、トリニクス。もしかしてその奪われた家族というのは、エレーナのことか？」

アンドレイの口から知らない名前が出てきて、ヴァルゼスはキリアンに何者かと聞いた。

「僕の兄の妻だった人です」

そしてエレーナはトリニクスの娘だという。夫が病死した後に心労がたたり臥せっていたところに、同じ流行病で儚《はかな》くなったと話してくれた。

「まさか流行病《はやりやまい》で亡くなったエレーナの死の原因が、我々にあると言うのではあるまい？」

アンドレイが驚きの声を上げると、トリニクスが声を上げて笑い始めた。

『親子そろって馬鹿ですか』と。

「アンドレイ殿下……人を育てるという点に関しては貴方ほど不適格な人間はいない。まぁ、それを自覚なさっているから、今はエイデン様を見捨ててキリアン陛下に力を注いでいらっしゃるのでしょうが……」

「どういう意味だ……」

アンドレイのこめかみから汗が滴り落ちる。問いただす声は震え、恐れが入り混じっていた。

「病で皇太子を亡くしたエレーナは失意の中、それでも希望を見出していたんですよ。お腹に子が宿っていたんです。それを知って、あの子は何としてでもその子を産みたいと切望していた。でも……でも……その希望を！　たったひとつの生きがいを、お前の息子は無残にも奪い取ったんだ！　嫌がるエレーナを襲い、犯し、そして！　流産させたんですよ！」

「……そんな、こと」

あるはずがない。そう言いかけたキリアンは口を噤む。そしてアンドレイの方に視線を向けると、彼もまた信じられないと愕然とした面持ちで立ち尽くしていた。

「信じられないでしょう⁉　私も信じられなかった！　娘がエイデンにされたことを告白した遺書を残し、自らの命を絶つまでは！」

ダン！　と硬く握りしめられた拳で床を叩く。何度も何度も皮膚が裂けて血が滲んでも、トリニクスは憎しみが溢れ出て止まないと言うように。

徐々にトリニクスの目は狂気めいてきて、瞬き一つせずにアンドレイを責め立てた。

「愚かなことに、エイデンはルーフェン殿下に取って代わることができると妄想を抱いていたのですよ。無理矢理エレーナを手に入れて、自分はルーフェンのような立派な王族だと示すのだと。……そんなくだらない見栄のために孫は殺された、娘は壊された。それもこれも先王に劣等感を抱き、自分の息子をルーフェンのようになれと叱咤し罵倒した貴方の歪んだ教育の賜《たま》物《もの》だ。どうですか？　それが貴方の息子だ！　愚かで落ちこぼれのくせに自己愛が強い……人殺しだ！」

彼の慟哭《どうこく》が静かなホールの中に木霊し、そして余韻をもって消えていく。

だがただ一人、解せずに眉を顰めるヴァルゼスは、静寂を打ち破った。

「その身を滅ぼしてもいいほどの憎しみがあるのであれば、何故すぐに奴の首を斬り飛ばしてやらなかった。一瞬の苦しみで終わらせるつもりがないから、ここまで手の込んだことをしたのだろう？」

復讐ならばその手に剣を持ってすぐにエイデンに向かうこともできたはず。

しかも、ガドナ在留中にヴァルゼスが見たトリニクスは、ずっとエイデンに配慮をし、隣で宥めているように見えた。わざわざ憎い相手にごまをする理由は、果たしてなんなのか。今の話からは見いだせない。

「話してみろ。もうお前が人前で口を開く機会はないかもしれんぞ」

もうトリニクスは生きていくつもりもないのだろう。ずっとこの復讐のためだけに、怒りをひた隠し生きてきたはずだ。それを失えば、生きる意味も失う。

すると、トリニクスは幽鬼のようにゆらりと上体を持ち上げて、虚《うつ》ろな目を向けて語りだす。

「私ね、アズ＝ガース側に条件を出したんです。あちら側が攻めてこられるように手引きをする。その代わりにキリアンを廃しエイデンを擁するようにと。もちろん侵略されるわけですから、傀儡《かいらい》の王ですよ。そしてその喜びの絶頂の中で殺してやりたかったんです。……エレーナがエイデンにされたように」

ただでは死なせないのだと、トリニクスは仄暗く怖気の走る顔で笑う。それは背筋が凍るほどの執念。妄執とも言えるほどの復讐。

「ぜひ、エレーナが味わった地獄以上の地獄を……味わわせてやりたかった」

『残念だ』と虚《むな》しい呟きが、皆の心に残響となって遣《や》る瀬無い想いを植え付けた。

第六章　伝えたい言葉がある

久しぶりだった。こんなにゆっくりと本を読む時間が取れたのは。

ずっと書けていなかった研究所の報告書に関するレポートをまとめて、資料をひっくり返しては自分の所見をまとめて。いつもは手が回らないところにまで及ぶほどに没頭していた。

ゾーイは今、自宅に戻ってきている。

あの夜ヴァルゼスの指示で城の一室で身を潜めていたが、彼の部下がそこから連れ出して自宅で待っているようにと言ってきた。そしてほどなくして救出された父と再会したのだ。

家の中に、ゾーイと父と、そして護衛としてヴァルゼスの部下と。その三人で暮らしているような状態だ。ヴァルゼスからの報せが来るまで、待機している。

ゾーイはというと、できるのは研究しかなかった。つくづく自分にはこれしかないのだと身に染みる。

だが、以前と違うのは、研究で頭をいっぱいにしているはずなのに、何故か自然と思い浮かんでくるヴァルゼスの顔。夜寝る前もずっと研究についてあれやこれやと考えていたはずなのに、気が付けばヴァルゼスのことを考えている。

本の山の中で文字の渦に思考を埋めても、すぐに浮上してしまうのだから手に負えない。ずっと顔が見たいと、それだけがゾーイの中で溢れる。

あれから数日経つが、いまだにアズ＝ガースが国境を越えたという話は聞こえてこない。代わりに耳に入ったのは、ガドナがバロガロスと軍事協定を締結したという一報。町では噂が飛び交い、そのままバロガロスに国を乗っ取られるのではないかという人や、アズ＝ガースの脅威が遠のいたと安堵する人、反応は様々なようだ。

かくいうその話を我が家に持ってきてくれたエリスも、先がどうなるか分からずに不安だと漏らしていた。

キリアンの様子も気になるが、彼も元気だろうか。それを知りたいのに、市井は知る由もなかった。

けれどもゾーイは信じていた。ヴァルゼスとキリアンならば、ガドナをいい方向に導いてくれると。

ヴァルゼスが『俺を信じろ』と言ってくれたのだから。

過去は確実なものとしてそこら辺に転がっているが、未来は不確かであやふやだ。だからそれを信じることがずっと怖くて嫌だったが、ヴァルゼスを信じることはできる。

——だから、早く何か報《しら》せに来て。

窓から漆黒の城を見つめて願っていた。

そして、その願いが叶えられたのは、事件から十日ほど経った頃。

ヴァルゼスがガドナ国に滞在する予定の一ヶ月が差し迫った日だった。

本を広げたまま机に突っ伏して寝落ちしていたゾーイを起こし、迎えが来ているよと父が言う。それに素早く反応して飛び起きたゾーイは慌てて眼鏡を探し、父の制止も聞かずに玄関まで走っていった。

ところがそこにいたのはいつもの護衛の人で、飛び出してきたゾーイに苦笑して近づいてきた彼は、こっそり耳打ちする。

「外で待っておいでです。ご準備を」

そんなことを聞いて、悠長に着替えて準備をするなんてできなかった。

すぐに家を飛び出して、道路に停車している小さな馬車に走っていく。

「馬鹿！　夜着のまま出てくる奴がいるか！」

その馬車からヴァルゼスが慌てた様子で出てきて、ゾーイに駆け寄る。こちらにやってくるのは紛れもなく、ゾーイがずっと会いたかった人だ。

あの黒い髪も、金の瞳も、切れ長の目も、厚い唇も。そして、薄着のまま出てきたゾーイを叱るその声も。

「ヴァルゼス！」

ここ数日、ゾーイの頭の中でしか会えなかった人が、すぐそこに。

嬉しくて人目もはばからずに彼に抱き着く。抱き着くというよりも飛びついたと言った方がいいかもしれない。

そんな勢いでやってきたゾーイをあの逞しい身体で受け止めたヴァルゼスは、自分の外套を脱いでゾーイを包み込む。ふわっと彼の匂いが鼻をくすぐり、自分の中で硬く凝り固まったものが溶けていったような気がした。

「お前、着替えくらいちゃんとしてこい。いくらでも待ってやるから」

「だって、なかなか連絡を寄越《よこ》してくれなかったから……嬉しくて」

「悪い。ちょっといろいろと手間取った」

ヴァルゼスが頭に頬を擦り寄せてくる。その優しい仕草やぬくもりが本物だと実感して、堪らず涙が零れそうになったそのとき、現実に引き戻す声が聞こえてきた。

「感動の対面もいいのだけれどね、ゾーイ。人目もあるしその格好ではさすがに障りがあるから、まずは家の中に入ってもらいなさい」

呆《あき》れ顔《がお》の父がそこに立っていて、ゾーイはようやく興奮から醒《さ》めて外套の中に縮こまって身を隠す。ヴァルゼスは少し緊張した面持ちで、父に会釈をしていた。

今度こそ着替えて外に出られる格好になったゾーイは、父に行ってくる旨を伝えて馬車に乗り込んだ。

ゾーイが準備している間、父は護衛と別れを惜しみ、ヴァルゼスとも何かを話している様子だった。二人で何を話していたか少し気になる。

だが、その前に聞きたいことは山ほどあった。まずは事の顛末《てんまつ》を詳しく聞かねばなるまい。

「全部、洗いざらい話して」

ゾーイがそう言うと、ヴァルゼスはあの夜起こったこと、その後に行った事後処理について淡々と話してくれた。報告書を読むように淀《よど》みなく話す姿は、まさに軍人。でも、とても丁寧だった。

「それで、諸悪の根源のエイデンはどうしたの？」

本来ならばこんなことを思ってはいけないのだろうが、ここまでするほどに復讐心《ふくしゅうしん》を燃やしたトリニクスの想いが、少しは報われて欲しいと話を聞いていて思ったのだ。

父を今回人質に取られたから、家族を失う苦しみを少しは分かるつもりだ。

だが、きっとトリニクスはその数十倍もの凄惨な苦しみを味わってきたのだろう。エイデンの横で笑顔の仮面をつけたまま。

「最初、エイデンは否定していた。自分がそんなことするはずがないと。だが、アンドレイや周りに責められているうちにうっかり口を滑らせてすべてを暴露した。おそらく、ずっと父親にルーフェンと比較され続け鬱屈して生きてきたが、その当の本人が亡くなって箍が外れたのだろうな」

それから散々喚き散らして騒いだエイデンは、最後にキリアンに助けを求めたそうだ。

お前には俺を助ける義務がある。俺が今こんなことになっているのも、あのときエレーナにあんなことをしたのも、お前が厚かましくも王位についているからだ、お前が俺をさらに追い詰めるからいけないのだと、自分勝手な暴論を振りかざして。

「だが、キリアンが頑張ったんだ。震えながらも、エイデンに言い返していた。『それは自らの行いが招いたことだ』と」

もう自分は王位についたことを後ろめたくは思わない。

先王や兄の遺志を継ぎ、立派な王になってみせる。エイデンに認めてもらわなくとも、胸を張って王であると言えるようにありたい。そう言ってみせたのだという。

「ずっとエイデンを怖がっていたのに……頑張ったんだね」

「トリニクスに約束していたからな。エイデンもまた無罪放免には絶対にしないとな」

それでトリニクスが救われたかは分からない。ただ、最後に衛兵に引き連れられて去っていく彼は、目を見開いてただ涙を流し続けていたようだ。

「トリニクスは、国家転覆を狙ったとして叛逆罪《はんぎゃくざい》が課されるだろう。アンドレイも国王補佐を降りた。彼もまた責任の一端を感じているんだろう。何せトリニクスにあれだけ親としての責務を追及されたんだ。思うところも……きっとあるはずだ」

その申し出にキリアンははじめこそは戸惑いはしたものの、結局は受け入れた。アンドレイの支えがないのは不安ではあるが、いつまでも頼ってばかりでは未熟なままだ。これをいい機会として捉えたいと、何度もアンドレイにお礼を言って。

アンドレイはこれからエイデンと共に罪を償い、余生を静かに過ごすつもりだと話していたようだ。

「……だが、処分が決まるまで家で軟禁されていたはずのエイデンが、何者かに襲われた。一命は取り留めたが舌と両腕切断の大怪我を負って、当分は贖罪どころの話じゃないだろうな」

「……そんな……誰がいったい……」

考えられるのはもちろんトリニクスだが、彼であるはずがない。

「今のところは不明だ。だが……ひとつ気になることがある」

ているると、ようやく口を開いた。


ヴァルゼスがちらりとこちらを見て、少し言いづらそうに口籠る。首を傾げてその様子を見ていると、ようやく口を開いた。

「実は……次の日、セイディーンの遺体が忽然《こつぜん》と消えた」

「うそっ！　え？　そ、そういうの本で読んだことある！　南西の国の方で死者を甦《よみがえ》らせて動く屍《しかばね》にするって！　まさか、セイディーンも⁉」

そうであるならば由々《ゆゆ》しき事態だ。遠い国の呪術のひとつがガドナで使われたとなると、今後悪用されるかもしれない。屍がそこら中を歩くなんて光景は見たくない。しかも彼らは人肉を好むという。

怖い想像ばかりが頭に浮かんで青褪めた。

「まさか！　エイデンの腕と舌をセイディーンが食べたとか……？」

「そんなわけがあるか。おそらく仲間の誰かが運び出したんじゃないかって話になっている」

「トリニクス様は何か言ってた？」

「セイディーン以外には仲間はいないから心当たりがないと。あいつからトリニクスの思惑に気付いて、面白そうだからと協力を申し出てきたらしい」

「何のために……」

「さぁな。それは本人のみが知るってところだろう」

死して尚《なお》、謎に包まれたセイディーンという男。彼がエイデンを襲ったとは考えたくはないが、あの人の食えない笑顔を思い出すと、心のどこかで思ってしまうのだ。

――もしかしてどこかで生きているんじゃないかと。

そのときは歩く屍じゃないことを祈りたい。

カタカタと揺れ動く馬車の小窓から外を覗き込みながらそう願っていると、不意にヴァルゼスがこちらに手を伸ばしてきて頬を押し潰すように片手で掴まれ、唇を突き出すような顔にされる。

「……ヴぁるじぇす？」

「お前、あいつのこと考えていただろう？　あいつは歩く屍じゃないし、もうお前の前には現れない。死んだんだからな」

「う、うん」

「またあいつのことを考えたら……一晩中啼かせるぞ」

「どういう意味で？」

言葉のニュアンスでヴァルゼスが言いたいことは分かるが、理解はしたくはなかった。

ようやく手が外されて赤くなった頬を擦りながら、少しご機嫌斜めなヴァルゼスを見やる。

フン、と鼻で笑った彼は、不遜に笑って逆に問い返してきた。

「お前は、どういう意味で啼かされたいんだ？」

「……っ！」

そう言われて初めて気が付いた。『啼かす』と言われて、すぐに夜の情事を思い浮かべるほどに、ヴァルゼスに自分の思考が侵されていると。

気が付いて、顔を真っ赤にさせたゾーイは、その羞恥に耐えながら黙りこくる。

嬉しそうに頬を緩める、ヴァルゼスの視線を受けながら。


「ゾーイ！」

城の中に入り、ヴァルゼスに案内されるがままに廊下を歩いていくと、前方から小さな身体を懸命に動かして走ってくる姿が見えた。

興奮した様子でゾーイたちの前にやってきたキリアンは、ウルっと瞳を潤ませる。

「本当に……本当に生きていたんですね、ゾーイ。よかったですぅ……」

感極まって泣き出してしまい、ポロポロと大粒の涙を流しながらゾーイの無事を喜んでくれた。ゾーイは思わず手持ちのハンカチで、キリアンの涙を拭いた後にギュッと抱き締める。

「ご心配をおかけしました、陛下」

また会えてよかった。ゾーイもキリアンの元気な姿に安堵していた。

「陛下、ここではちょっと障りがあるかと」

キリアンと一緒にやってきた男性が、周りの目を気にして声をかけてきた。

鋭い眼光に厳しい声をもって注意をしてくる。

キリアンもまた怯えてしまうのでは？　と心配になったが、意外にもそうではないらしい。

むしろ親し気に返事を返して、ゾーイから離れていた。

エレミレフと名乗った彼は、新しい国王補佐のようだ。

「すみません。本当ならもっと早くにお呼びしたかったのですが……」

「いえ、お話は聞いてますのでお気になさらず」

キリアンが申し訳なさそうに謝る。

事後処理に加えてアンドレイが抜けたことで一から人事を見直しているようだ。

エレミレフはアンドレイから仕事を引き継ぐ予定だったが、エイデンの負傷によりそれが上手くいかずにいるらしい。

問題は山積みで立て直すのが大変だが、それでもキリアンの顔からは悲壮さは見えなかった。

「これからが僕の真価を問われるときです。頑張ります。自分を誇れるように」

最初に会ったとき、戸惑いと気負いが多くて頼りなさが際立ったが、今では頼もしさが見える。存在も身体も少し大きくなったような気もする。

それからセイディーンに脅されたときの事情を聞きたいというので、キリアンとエレミエフの二人と役人数人と話した。基本的に聴取だけで、尋問などはない。

「……私は殺人未遂で問われるんですか？」

「いいえ。ヴァルゼス殿下が貴女はただ殿下を守ろうと自害しようとした。それを無理矢理止めたから怪我をしただけだと。我が国には自らに刃を向ける者を罰する法律はありませんからね。特には。まぁ、貴女を下手に罪に問うて、いらぬ火種を招きたくないのが本心ですが」

「はぁ……火種、ですか……」

それがいったいどんな火種なのかはよく分からないが、一応頷いた。とにかくヴァルゼスの計らいで罪に問われることはないようで安心した。

「それとこれを」

そう言って渡されたのは、トリニクスと約束していた後払い分の報酬だった。てっきり彼が捕まってもらえないものだと思っていたので、飛び上がるほど嬉しい。

「あ、ありがとうございます！」

「大臣の方で提示していた金額から、日割り計算で貴女が城にいなかった日数分の報酬を差し引いております。肝心要の締結の日にいなかったので、仕方がないですよね」

「それは不可抗力……」

「すみません。私、お金に関してはうるさいもので」

横からこっそりキリアンが耳打ちしてくることには、エレミエフはもともと財務省で『鬼軍曹』と渾名《あだな》がつくほどの傑物だったようで、そういうところはきっちりしているようだ。

「その厳しさが今の僕には必要なんですけどね。これでも優しいところもあるんですよ？」

「元々お知り合いのなのですか？」

「兄の友人です。ほら、以前言ったゲームの対戦相手になってくれた人が彼です。いつも弱すぎるって鼻で笑われましたけどね。兄が死んでからは、アンドレイがあまりいい顔をしないので付き合いを控えていたんですけど、これを機に呼んじゃいました。今の僕に必要なのは、何よりも信頼のおける人ですから」

それがエレミレフなんです。そうキリアンは嬉しそうに笑った。

案外こちらが心配をしなくとも、上手く回るものは回るものだ。これがキリアンにとっていい変化であったらいい。

彼の新たな出発を心の底から祝い、幸多きものであるようにと願った。

「あの、差し出がましいことを聞いてもいいですか？」

キリアンがゾーイと二人きりで話したいと言うと、他の人たちは気を利かせて部屋を出ていく。そして、まるでこれから悪いことを聞くかのように気まずそうな顔で近づいてきた。

「ヴァルゼスのことです。お二人はその……恋仲なのでしょう？」

「……こ、恋仲ではありませんね」

これは随分と答えに窮する質問だった。まさか恋仲ではないけれど身体の関係はありますと、子供相手に正直に言うのは気が引けるし、大人の恥ずかしい一面を見られるようで困る。

だが、キリアンはその答えに、酷く落胆したような顔をしてきた。

「それではヴァルゼスの片想《かたおも》い……」

「えっと……それとも違うかなぁ……」

はっきりとした答えを出せずに、ゾーイは目を泳がせて必死に誤魔化そうとした。ところがその言葉にピンとくるものがあったらしいキリアンは、パッと喜色満面になる。

「じゃあ、ゾーイもヴァルゼスのことを……！」

その先を言おうとするキリアンに、ゾーイはしぃーっと唇に人差し指を当てて制止する。

「ごめんなさい。私のこの気持ちは、ヴァルゼスに最初に聞いてもらいたいから……」

せっかく喜んでくれているのに申し訳ないと謝ると、キリアンは『あっ！　そうですよね！』と先ほどよりも嬉しそうにしていた。

ウフフと悪戯を思いついたかのように笑う顔があどけない。

「僕、二人が結ばれてくれたら嬉しいです。とても嬉しいです！」

『早くその気持ちを伝えてあげてください！』とキリアンに背中を押されながらヴァルゼスの部屋へと赴くと、彼は待ってましたとばかりに出迎えてくれた。

手招いてくるので彼の方へと向かうと、腕を引っ張られて強く抱き締められる。

「キリアンとたくさん話せたか？」

「うん。元気そうだった。凄く前向きに頑張っているのが分かって、ホッとした」

「そうだな。あいつもお前に会えてホッとしたようだった。何せ俺に何度も本当にゾーイは生きているのかと聞いてきていたからな。自分の目で確かめるまで不安だったらしい」

敵を謀るためとはいえ、彼には悪いことをした。

もう少し謝っておくべきだったかと考えていると、ヴァルゼスが頬にキスをしてくる。頬だけではなく、こめかみや髪の毛、首筋、手の甲。あらゆるところに唇を当ててきた。

「……ンっ……ヴァルゼス……」

「今度は俺の番だ。俺だってお前に会えない日々は辛かったんだ。少しは労ってくれ」

構ってもらえず拗ねた子どものようなことを言う彼は、後ろから手を回してお腹の前で組み、肩口に顔を埋めてきた。スンと鼻を鳴らし匂いを嗅いできたので、ハッとして慌ててヴァルゼスから離れようとする。もちろん、そんなものは簡単に阻止されたが。

「どうした？」

「だ、だって、香油とか全然つけてないから！」

おそらく今のゾーイから漂ってくるのは、昨日のお風呂の際に使った石鹸の匂いとゾーイ自身の匂いだ。そんなものをヴァルゼスに嗅がれるのは恥ずかしい。

「別にいいだろ？　ラベンダーの香りもよかったが、こっちの方がゾーイの匂いがしてよりいい」

「ラベンダーの香りが好きだからあんなに嗅いでたんじゃないの？」

「馬鹿。お前が俺のために、いろいろと気を遣ってやってくれたのがいいんじゃないか。俺のために女になろうとするお前が愛おしかった。それだけだ。だから、このままだって問題ない」

　それはそれで恥ずかしいのだが、ヴァルゼスがいいと言うのであればいいのかと、再び大人しく座る。ヴァルゼスはゾーイが逃げられないようにと、さらにがっちりと抱き締めてきた。

　そして、トンと背中に額をくっつけてくる。

「なぁ、ゾーイ。俺はもうすぐでバロガロスに帰国する。だから、その前に俺たちのこの関係に、答えを出したいんだ」

　ドキリとする。ヴァルゼスのその顔は見えないが、声がとても切なかったからだ。

きっと幾度も見てきたゾーイを心の底から求める、瞳の奥に熱い想いを滾《たぎ》らせた顔をしているのだろう。

不意に腰に巻きついていた手を外されて立たされると、ヴァルゼスと入れ替わるようにソファーに座らされた。そして彼は目の前に傅く。

「愛している、ゾーイ」

それは蜜のように甘く、ゾーイを酔わせる言葉。

「愛してる」

ゾーイの心にとろりと幸せを滴らせ、満たし溺れさせる。

あの日、言えなかった言葉たちがゾーイの心をいっぱいに満たして、膨れ上がっていた。

ヴァルゼスへの恋心を自覚したときからしまっていた、この言葉。

ずっと告げるのは罪だと思っていた、愛の言葉を。

今、ヴァルゼスにちゃんと伝えたいと、気持ちが逸《はや》る。

スッとヴァルゼスの目の前に震える手を差し出し、熱で頭が沸騰する思いで告げた。

「わたしも！　大好きです！　よろしくお願いします！」

次の瞬間、その手を熱い手に握り締められてグイっと引っ張られる。

「わっ」

引き寄せられるがままにヴァルゼスの胸に飛び込むと、彼の身体はそのまま反動で床に倒れていった。二人で身体を重ねながら床に転がる状態に驚いていると、頭上から笑い声が聞こえてきた。

「ようやくお前の全部を捕まえたっ！」

無邪気な笑い声。歓喜の心に溢れていて、ゾーイもまた嬉しくてほっこり心が幸せで満たされていく。友達のままではきっとこの心はここまで幸せで膨れ上がらなかった。どこか何かが足りないと思ってしまっていただろう。

今もヴァルゼスが足りなくて、胸の奥がムズムズしている。

このじれったい気持ちのままに少しずつ顔を寄せてみた。それでも足りなくて、もどかしくてドキドキして。

ゾーイは吸い込まれるように、そっとヴァルゼスの唇にキスをする。

「いたっ」

ところが口が触れるという瞬間に彼の顔に眼鏡が当たって、それがゾーイの顔にも突き刺さった。痛みで声を上げて飛び上がると、ずれた眼鏡を顔から外して感心したように言う。

「びっくりした。そっか、キスするときって、眼鏡が邪魔になるんだ」

そんなこと、まったく知らなかったし頭にもなかった。やってみなければ分からないことがまた目の前に転がり込んできて、ゾーイはしげしげと頷く。

「……あっ、ごめんヴァルゼス。眼鏡痛くなかった？」

自分の失態にヴァルゼスを気遣いながら目を向けると、彼は何故か顔を手で覆って背けていた。

「あ、あれ？　ヴァルゼス？　そんなに痛かった？」

「……違う。お前がそういう奴だとは知ってはいたが、改めて答えが出たときのその思い切りの良さに、びっくりしているだけだ」

そんな顔を隠すほど驚くことかとこちらが驚いてしまうが、ゾーイはハっと気が付いた。ヴァルゼスのうなじがほんのり赤くなっていた。驚くというよりも照れているらしい。

「だが、お前がそこまで積極的なのはもちろん大歓迎だ。このままこれを逃す手もないな」

「……あっ」

ヴァルゼスの大きな手がゾーイのお尻を掴み、両手で揉んできた。ぐりぐりとお尻をこね回され持ち上げられて、彼の長い指がお尻の指に食い込んでくる。いたずらをするように指を滑らせて際どいラインを擦るので、ゾーイはビクビクと身体を震わせた。

たったこれだけで、蜜が秘所の奥からじんわりと滲んできたのが分かる。

これからされるであろうことを期待して、もう身体が準備をし始めているのだ。

「……ゾーイ……もう一度、キスをしてくれ」

吐息交じりの甘い声が命令してくる。今度こそは眼鏡が当たらないように、念のため外してから顔を近づけた。期待を込めた金の瞳がこちらを見ている。

ゴクリと息を呑んで意を決すると、少し顔を傾ける。彼の目を見つめたままではできずに目を閉じて近寄り、フニっと柔らかな感触に唇が行き着いた。

先ほどは一瞬のことでよく分からなかったが、ヴァルゼスの唇は柔らかくて、心地よい。

胸の奥からほんわりとした温かいものが溢れ出てきて、身体中が歓喜に震えるくらいの幸福が押し寄せてくる。もっとそれを味わいたくて、ゾーイはまた唇を押し当てた。

「……ふぅっ……んっ！」

ところが、ヴァルゼスがゾーイの後頭部を押さえて自分に引き寄せて、さらに繋がりを深くしてしまう。ただ触れるだけだった唇がぴったりと重なり合い、互いに互いを食んでいる形になる。

その密着度に驚いて飛び退《との》こうとしたが、ヴァルゼスの手は思った以上に強く、結局は彼のされるがままになってしまった。

ちゅっ、ちゅっ、と角度を変えて何度も啄《ついば》まれてはまた食まれ、ゾーイはただその合間に空気を吸い込むことに必死になっている。このままでは、酸素が薄すぎて窒息してしまうのではないかと思うほどに、ヴァルゼスのキスが激しい。

だが、やはりヴァルゼスに自分の体内を弄られるというのは気持ちいいもので、舌が侵入したらもう腰ががくがく震えて仕方がなかった。上顎や歯列に舌の上。それらを舌先で器用に撫でられてしまうと、頭の芯まで痺れてしまう。

きっと今上手く頭が働かないのは、酸欠のせいだけじゃない。ヴァルゼスによって否応なしに引き出されてしまう熱が、ゾーイの思考を奪ってこの気持ちよさしか追えなくさせるのだ。

ようやく唇を離されたときには、恍惚《こうこつ》として頬が上気していた。

「……すごい、今までキスってただの粘膜接触なのに、何でみんなあんなにするんだろうって不思議だったけど……こんなに気持ちよくて幸せな気持ちになるんだ……」

身体に力が入らない。ふわふわして足元が覚束ないような、唇から頭の中身も吸い取られたような感覚になっている。

「気持ちいいか？」

「……うん」

ゾーイは素直に頷き、またキスを受け入れた。肉厚で熱い舌がゾーイを思うがままに蹂躙していく。ヴァルゼスが上体を起こし、服を脱がされてブラウスのボタンを外すと、胸がまろび出た。

口の中からくる気持ちよさと、胸を揉まれることで生まれてくる官能と。それらが綯交ぜになっていく。胸の頂を摘まれると喘ぎ声が出て、ヴァルゼスの口の中に吸い込まれていった。だんだんと息も弾んできてさらに苦しくなるというのに、このキスが止められない。

「ゾーイ、鼻……鼻で息しろ」

上手く息継ぎができなくているゾーイに、ヴァルゼスは笑い交じりで教えてくれた。鼻呼吸の存在を思い出して言われた通りに空気を吸い込むと、随分と楽になる。

少し余裕が出てきたのが分かったのか、ヴァルゼスは手を耳にやってくすぐってきた。

「ふぁ……あぁ……んぁ……ンんっ」

ゾーイに身体のあちこちに快楽の花が咲き綻びる。ゾワゾワと甘い痺れが胸や耳、そして口から腰に下りていき、媚肉がヒクヒクと震わせては蜜を溢れさせた。指先で撥《は》ねたり扱いたりされると、ことさら反応してしまう。

ヴァルゼスはそんなゾーイを見ては、それを楽しむように頂を執拗に指で攻め続けた。

「……ゾーイ……腰が揺れてる……エロいな……」

「……ひっンぁ……だ、……ってぇ……あぁっ……シぁんっ」

勝手にこの腰が揺れてしまうのだ。ゾーイがしたいわけじゃないのに、ヴァルゼスを誘惑するように動いている。しかもゾーイがヴァルゼスの上に跨《また》がって互いに向き合っているために、腰を動かすたびに、服の下で硬くなった彼の屹立を擦ってしまっていた。

何てはしたない。気持ちいいからと言ってこんな風に痴態を晒してしまったら、さすがにヴァルゼスに飽きられてしまうかもしれないと思いつつも止められない。

しばらく擦り合いを続けていると、合わさっている箇所からくちゅくちゅと淫らな音が聞こえ始めてきた。ヴァルゼスがフッと笑うので、これはゾーイの秘所が鳴らしているのだと気付く。もうそんなになるまで濡れてしまっているのだ。

さらに陰核を狙い撃ちするように動かされると、強い刺激がゾーイを苛んでくる。

「はぁっ……ンぁ……そ……こ……ばっかり……あぁあっ……」

「ここ、気持ちいいんだろう？　ほら……音が大きくなってきた……」

もう下着どころかズボンまでもが蜜でぐしょぐしょになり、摩擦が少なくなってより一層刺激を得やすくなっていた。それがまた蜜を誘い、ゾーイを辱める。

だんだんとヴァルゼスの息も荒くなってきて、時折詰めたような吐息も聞こえてきた。彼も気持ちよくなってくれているのだろう。

眉根を寄せてこちらを見やるその顔は、ゾクゾクするほどに艶がある。

ヴァルゼスが突然ゾーイの身体を持ち上げてひっくり返し、ソファーへ押し倒した。座椅子部分に手を突いて体勢を取ると、後ろから彼が覆いかぶさってきて首に顔を埋めてくる。

片手で胸を揉まれ、もう一つの手はゾーイの下の服へ。ズボンと下着を一気に下げられて、お尻を露わにされた。

「……あぁ……ひぁ……んぁ……はぁ……あぁ……」

秘裂を撫でて蜜の滑りを利用して中に指を入れると、媚肉をむにむにと揉んでくる。それにより膣の入り口が柔らかくなってきて、徐々に指を呑み込み始めた。

いつもとは違ってヴァルゼスの愛撫が性急だ。早くゾーイの中に挿入りたいとでもいうように、どんどんと指を押し進めていって開いていく。

あっという間に指を二本咥えさせられた秘所は、太腿を穢すほどの蜜を垂れ流す。ゾーイの口もあられもない声を上げてその悦びを表すと、それに応えるようにヴァルゼスがうなじに何度も口づけ、吸い付いてきた。

「……悪い……ゾーイ……もう限界だ……」

はぁ、と熱い吐息と共に切羽詰まったような声が聞こえてきて、秘所から指を引き抜かれる。そして代わりに押し付けられたのは熱く滾った屹立。身構えるまでもなくそれが奥まで一気に貫き、その衝撃にゾーイは悲鳴を上げた。

「……はンっ……んぁっ」

深くて熱い。ぴっちりと隙間なく根元まで受け入れたそこは、ヒクヒクと震えている。いつもはゆっくりと丁寧に抉じ開けられていたのに、言葉の通りに彼も余裕がないのだろう。

かくいうゾーイも、強引な挿入に驚きながらも嬉しかった。会えなかった間、寂しかったのは互いに同じで、性急に求めあうのも仕方のないことだった。

「あっ……あっ……あっ……ふぁっあン……ひぁンっ……あぁっ！」

肌と肌がぶつかる音が響くほどに激しく腰を打ち付けてはゾーイを責め、膣壁が擦られ奥が突かれる。その激しさについて行けずに最初こそは苦しくもあったが、徐々に馴染んできて気持ちよさが身体中に広がってきた。

ヴァルゼスの熱を受け止める腰がビクビクと震えては、ゾーイの身体から力が抜けていく。

胸を揉まれ頂を指先で擦られながら、同時に中を穿たれるのはあまりにも刺激が強くて、これではすぐに達してしまいそうだ。

膣壁も屹立を扱くようにうねりはじめ、それに合わせて蜜も溢れ出てしまう。

「……はぁ……ンぁ……ヴァルゼス……わたしの、からだ……へん……あぁっ！」

「どこが変なんだ？　ん？　言ってみろ」

「あぁうっ！」

肩を掴まれて上体を反らしたような体制を取らされたために、ヴァルゼスの屹立がまた違うところを突きあげる。それでも容赦なく腰をぐりぐりと動かされるので、ゾーイは堪らず啼いた。

何をどうされても気持ちよさが半端ない。

激しさは違うものの、以前と同じことをしているはずなのに、何故こんなに感じ方が違うのかと戸惑いながら快楽に翻弄されるゾーイは、助けを求めるようにヴァルゼスの方へと振り返って潤んだ灰色の瞳で見つめた。

「……わ、わたし……この間よりも……すごい感じてる……あぁっ！　……すごい身体が敏感になって……んンっ……何で……？」

訳が分からない。身体が壊れてしまうんじゃないかというくらいに、激しく乱暴にされているのに、いつもより気持ちいいだなんて。

「そんなの決まっている……俺たちが愛し合っているからだ」

「……愛し……ひぁっあぁっん！」

「心も身体も通じ合えば、より感度がよくなり深く愛し合える。こんな風に。……ほら、気持ちいいだろう？」

ヴァルゼスの声がゾーイの脳までもを犯していく。脳内で快楽物質が溢れ出て、彼に何をどうされても気持ちよすぎて、それを伝えるために首を縦に何度も振った。

「ちゃんと口で『気持ちいい』と言え。――そうしたら、もっと気持ちよくなれる」

もっと気持ちよくなったら……どうなってしまうのだろう。

ゾーイは未知の感覚に震えながら、ヴァルゼスの言葉に従って口をゆっくり開き、金の瞳を熱く見つめながら言う。

「……きもち……いいよ……ヴァルゼス……愛してる……」

「ゾーイ……」

ヴァルゼスが噛み付くようなキスをしてきて、思うがままに口の中が蹂躙される。ゾーイを穿つ屹立がググっと大きく膨らんでさらに圧迫感が強くなると、高みへと一気に押し上げていった。

腰がビクビクして快楽の塊が膨れ上がり、そこから全身に稲妻のような痺れが駆け巡る。

もう弾けてしまうと思ったそのとき、ヴァルゼスは強く腰を打ち付けて律動を速めてきた。

「……ゾーイ……もぅ……出る……っ」

「……ひぁっン……あっ……あっ……あぁっー！」

獣が唸《うな》るような低い声でそう告げるのと同時に、ゾーイも全身を快楽の渦に呑み込まれて絶頂を迎える。

熱い迸《ほとばし》りが中にびゅくびゅくと吐き出されて、そのたびにヴァルゼスが小さく喘ぐ。彼の腰が吐精に合わせて小刻みに動くので、余韻が引かぬまままた中を擦られて感じてしまい、屹立を無意識に締め付けた。最後まで搾り取るように膣道が蠢いている。

ヴァルゼスが与えてくれる悦びや幸福は、際限がなかった。

ただ、絶頂後の火照った身体が重なり合うだけでも、ソファーの上に投げ出された手に手を重ね合わせられるだけでも。その一つ一つに幸せの熱がポッと灯る。

ずっと安易に取ってはいけないと思っていた彼の大きくて武骨な手は、手に取ってしまえばとても逞しく心強い、ゾーイの心を酷く安心させてくれるものだった。


「それで？　お前はどうするんだ？　俺と一緒にバロガロスに行くか？　俺はいつでもお前を攫って行く心づもりはあるが」

事後、ソファーの上に半裸で寝そべっているヴァルゼスの上に乗せられたゾーイは、彼の鼓動を聞きながらこれからのことを話していた。今後どうするかと聞かれて考え込む。

もちろん、ヴァルゼスとこういう関係になったからには、いずれはバロガロスに移る予定ではあるし、ゾーイとしても彼の帰国に合わせて一緒に行きたい気持ちは山々だ。ロスト・ルーシャ研究もより本腰を入れられるだろうし、何よりもヴァルゼスと離れがたい。

だが、そのためにはちゃんと話をして、どうにか説得しなければならない相手がいる。

「うーんと、まずは私のお父さんに話さなきゃ。さすがに留学とは違って本格的に拠点を移すわけだから。それに、ヴァルゼスのこともちゃんと紹介したいし……」

今日家で会っただろうが、きっとお互い挨拶程度だ。恋人になりましたという報告は改めてしなければならないだろうし、将来のことについてもしっかり話しておかなければ。

父がゾーイにエリスをちゃんと紹介して真面目な顔で結婚したいと許可を得てきたように、それを見習いちゃんとしたい。

「お前の父親とはさっき家でお前を待っている間、話してきた。娘さんを愛しているので、いつかはバロガロスに攫って行くつもりです、と」

「え？　嘘でしょ？　そんな勝手に？」

「いいだろう？　遅かれ早かれ、こういうことになってたんだしな」

悪気もなく言う彼に脱力しながら、その胸にもたれかかった。どこからその自信が出てくるのかと呆れたくなる。

「それで？　お父さんは……何て？」

「『ゾーイがそう望むなら、あの子を幸せにすると約束してくれるなら、私からは何も反対する理由はありません』と。頭まで下げられて、少し焦ったな」

「そう……お父さん、そんなことを……」

何も言わずに快く送り出してくれようとしていることに面映ゆく感じ、ゾーイは嬉しくなった。ゾーイが父の幸せを願っているように、父もまた娘の幸せを願ってくれているのだ。

今まで親子で二人三脚でやってきたが、今度はそれぞれの最愛の人と共に歩む道に分かれる。寂しいけれど、これは人生の岐路なのだ。必要な別れでもある。

「じゃあ、お父さんは大丈夫だとして……あとはデットリック陛下に挨拶いかなきゃなぁ。うう……あの笑顔を想像するだけで緊張する」

ヴァルゼスが結婚の許可を取ってくれているとはいえ、改めて会って話すのは気が引けた。

「……待て。その口ぶりでは、あいつに会ったことがあるように聞こえるが？」

「あっ！　……えーと……その……」

しまった、うっかり口を滑らせたと気まずくなって目を泳がせた。そんなゾーイを胡乱な目で見て、ヴァルゼスは大きな溜息を吐く。

「……お前、あいつから何か吹き込まれていたな？　クソっ……あの野郎……」

ヴァルゼスが苦虫を噛み潰したかのような顔をして、粗野な言葉を吐く。彼は昔から兄の愛情は重すぎるとぼやいていたから、裏で動いていたことに立腹なのだろう。

「どうせ、あいつに言われたんだろう？　俺には相応しい伴侶が必要だとか、あの子には幸せになってもらいたいとかいう、そういう暑苦しい偽善めいたセリフ」

「う、うん……」

ゾーイが聞いたのは、随分と穏やかで冷ややかな感じではあったけれど。

ヴァルゼスは頷くゾーイを見て、深い溜息を吐いた。

「それって、俺がお前に告白する前か？」

「……うん」

「もしかして俺は、あの野郎のその忠告のせいで振られたのか？」

答えに窮して目を泳がせて、しまいには伏せて回答を拒否すると、頭上から先ほどよりももっと長くて重い溜息が聞こえてきた。

「……んの野郎……随分と前に布石を打って、勝算があったから賭けを持ち出してきたのか。本国に帰還したら、真っ先に殴り飛ばしに行ってやる」

不穏な言葉を吐く彼に焦りながら、その言葉の一つにひっかかりを覚えて首を傾げた。

はて、『賭け』とはどういうことだろう。

今度はゾーイが追及する番になり、ヴァルゼスを問い詰める。

「ここに来る前にあいつと賭けをした。大使としてこっちにいる間、二つの条件をクリアできればお前との結婚を認めてやると。俺が万が一クリアできなかった場合、あいつの決めた女性と結婚する。そういう賭けだ」

「ええ？　結婚の許可ってそういうこと？」

「そうだ。軍事協定を無事に締結させることと、あともう一つは、お前を堕として俺を受け入れてもらうこと。これを達成できたら、結婚に口を出さない約束だ」

何ともデットリックに有利な賭けだ。絶対に結婚は許さないと太い釘をゾーイにぶっ刺しておいて、堕とせたらなんて賭けを持ち出すこと自体、あちらに勝算があったからに他ならない。

協定締結も危うかった。この賭けに勝つために、デットリックが裏で仕組んでいたとすら勘繰ってしまう。

「でも、条件二つ、クリアできたから、大丈夫なんだよね？」

「そうだな。言質はとってあるし、あいつもここまできてもう反対はしないだろう」

これでゾーイの中で燻っていたわだかまりが解消されて、安堵した。

ヴァルゼスが多少強引だったのも必死だったのも、これがデットリックに与えられた最後のチャンスだったからだ。そのために必死にゾーイに言葉を投げかけて心を求め、そして心を預けようとしてくれた。――信じろと言ってくれたのだ。

ヴァルゼスの精悍《せいかん》で涼やかな顔を見ながら、ゾーイは込み上げてきた嬉しさが溢れ出てだらしない顔で笑う。ヴァルゼスもそんなゾーイに口元を緩めながら、わしゃわしゃと頭を撫でてきた。

「ありがとう、ヴァルゼス。こんな私を諦めないでくれて」

「礼を言われるまでもない。俺がお前を諦めきれなかっただけだ」

終章

　──外は酷い荒れ模様だ。

　まだ日が落ち切っていない夕闇どき。曇天が空を覆い、その分厚い黒い雲から大粒の雨が地面に叩きつけられていた。轟音《ごうおん》を上げるほどの強風は雨を横殴りにし、視界を不明瞭にする。

　大きく揺れ動いていた大木の枝分かれした部分に亀裂が走り、樹皮が剥がれて割れてしまう。

　割れた先にあった大きな枝は風で吹き飛ばされて、視界の外に消えていってしまった。

「──今の見たかい？　あんなに大きな木でも、ちょっと揺らしてやっただけであんなに脆くも崩れてしまう。人間と同じだ」

「そんなに窓の近くにいると危ないですよ、陛下」

　ランプも点《つ》けずに薄暗い部屋の中に二人。

　吹き荒れる嵐を見ながら、楽しそうに話すデットリックは、そのつれない言葉を吐くもう一方に『情緒がないね』と笑う。その男は、気にした様子もなく『すみませんね』と謝った。

「それで？　君は何も成し得ずにおめおめと帰ってきたわけだけど、私に何を報告しようって言うんだい？」

「いや、何も成し得てなくないですよ～。貴方の命令通り、引《ひ》っ掻《か》き回してきたでしょう？」

それは心外な言葉だと男が驚くと、デットリックは不服そうに眉を顰める。その答えには納得がいかないようだ。

「引っ掻き回した？　私としては、もう少しやってもよかったと思うけどね」

「いやいや、あれで十分でしょう？　あれ以上引っ掻き回したら、僕の正体がばれるし、その前にヴァルゼス殿下に真っ二つに斬られますって」

男は手を身体の前で横に振り、これ以上は勘弁してくれとデットリックに訴えかける。

「陛下も十分に分かったでしょう？　ヴァルゼス殿下とゾーイさんはちゃんと互いに想《おも》い合《あ》い、愛し合ってますよ。協定だって何だかんだ言って、ヴァルゼス殿下は上手くまとめましたからねぇ。これは陛下の完敗です。あれ以上のことは『セイディーン』にはできませんよぉ」

かつてガドナ国で『セイディーン・エクトゥ』と名乗っていた男は、諭すように言う。

もうデットリックにも、そして『セイディーン』にも打てる手はないのだと。

だが、まだデットリックは顔を顰めたまま思案している。おそらくもっとできるはずだと言いたいのだろう。

バロガロス帝国の現皇帝であるデットリックは、豪胆で国の繁栄に意欲的である一方で、邪魔なものは一切切り捨てるという冷酷無比な顔を持つ、支配者としては申し分のないほどのカリスマ性と、為政者の素質を持つ人間だ。

だが、一旦皇帝の仮面を脱ぎ捨てると、自分の家族に過保護な人間で、その過保護が行き過ぎて暴走する癖がある。

加えて厄介なのが、彼がある種、面倒な恋愛観を持っているということだ。

「でも、この私が率先して邪魔者を買って出たのに、愛の試練としては温《ぬる》すぎないだろうか。もっと厳しくて激しいものとか必要かもしれない。ヴァルゼスの伴侶になるんだ。そこはもう気持ちが最高潮に盛り上がるほどの壁を用意して、新たに二人の愛を確かめ合う必要があるんじゃないだろうか。ほら、今度はヴァルゼスの伴侶としての心を問うとか……」

真面目な顔をして悩む彼を見て、セイディーンは半ば呆れていた。

そもそも、『セイディーン』としてガドナ国に潜入し、あんなことをしでかしたのは、デットリックの命令があったからだ。元々諜報員《ちょうほういん》として各国を飛び回っていたが、今回はガドナ国に飛んでほしいと、約一年前に言われたのが始まりだった。

表向きはガドナの内情を探ること、特に対アズ＝ガースをどういう方向に持って行くかを調べるために潜り込んだ。外務担当となり、一番情報を持っているであろうトリニクスに近づいて、そして彼の裏切りを知った。

そして、軍事協定の話が俄かに現実を帯び始めた頃、もう一つの指令が届いた。

それがヴァルゼスとゾーイの仲を揺さぶることだ。

彼の言う通り、その指令も『愛の試練』の一つというやつだ。

もしこれで破局するようであればそれまでだし、二人でそれを乗り越えられたらデットリックは二人を認めるつもりだったのだろう。ヴァルゼスに賭けまで持ち出して焚《た》き付《つ》けたのだからそれは間違いない。

大切な弟を、そんな試練を乗り越えられない軟弱な女性に任せるわけにはいかないという、兄心とでも言うのだろうか。どこかずれてしまってはいるが。

ゾーイがバロガロス留学中にした忠告も、その試練の小手調べ。ところが拍子抜けするほどに彼女がヴァルゼスを振って帰国してしまったために、見込み違いだったかと落胆したが、ヴァルゼスがゾーイを諦められずに追いたいと熱く申し出てきた。

『きたきたきた～って思ったよね』と楽しそうに話したデットリックは、張り切って『セイディーン』という新たな試練を作り上げたわけだ。

ゾーイとヴァルゼスにとっては余計なお世話、はた迷惑な話だが、一方でそれによってガドナに巣くう魔物を一掃できたのはよかったと思っている。

トリニクスの話は聞くだけで痛ましい悲劇ではあるが、ガドナを滅ぼそうとしていた『バロガロスにとっての悪』だった。邪魔者を炙り出して排除するのは、政治の常だ。

そして諸悪の根源。最後の最後まで己の非を認めずに醜い命乞いをしていて見るに堪えなかったが、両腕と舌だけで終わらせたのは、トリニクスの願う生き地獄をつくってやるためだ。彼の本懐は果たせなかっただろうが、エイデンに残されたのは不自由で惨めな人生だけだ。

余計なことをしたのは自分も同じかと、セイディーンは笑う。

命令外のことで、同情や私情も含まれていたが、後悔はしていない。デットリックも報告を受けながら、それを咎めるつもりはないようだ。

「ねぇ、君はどう思う？　あの二人にはもう少し酷な試練が必要だよね？」

「いい加減にしないと、ヴァルゼス殿下に本当に愛想を尽かされますよ？　ただでさえ過保護すぎてウザがられているのに」

「何でだろうね？　こんなに愛して、ヴァルゼスのためにやっているのに……」

基本、悪気はないのだ。それがヴァルゼスのためだと本気で思っているから、疎まれてしまっているのにも気づいていない。

妻の王妃も婚約者だった頃はそれはそれは随分と苦労したと聞く。これは試練だよと言って、無理難題が山ほど降って来たと苦々しい顔で言っていたので、もう筋金入りなのだろう。最近でも、自分の子どもたちにも遠巻きにされ始めているのにも首を傾げている。

「それで、僕は次はどの国に飛べばいいですかね？」

ガドナでの任務は終えて、もう『セイディーン』は死んだ。次はまた新たな人物になって違う国に潜り込む。彼はずっとそういう道を歩んできた。

「できれば、当分バロガロスに戻ってこられないほどの任務がいいんですけどねぇ。ほとぼりが冷めるまで、ヴァルゼス殿下とは顔を突き合わせたくないですね」

変装はしているものの、会った瞬間に気が付かれて刀の錆《さび》にされる可能性だってある。それくらいに挑発した覚えもあるし、ヴァルゼスは『セイディーン』を毛嫌いしていた。

（……けど、ゾーイさんは惜しかったなぁ）

もしもあのとき、ヴァルゼスが襲ってきたゾーイを裏切り者と罵り処罰しようとしたら、本気でゾーイを攫ってもいいと思えるほどには、彼女を気に入っていた。

「そろそろアズ＝ガースが邪魔になって来たから、内部から突いてみようか。あんな寄せ集めの烏合《うごう》の衆、本格的に調子づく前に叩いておかなくちゃね」

楽しそうな口調でデットリックは言う。

かつて『セイディーン』だった男は頭を下げて、また別の人間となる。

彼は闇に消えて、またどこかへ去っていった。

◇◇◇

「そんなに似ているか？」

「似てるよ！　この鼻が高いところとか、唇が厚いところ！　あと、筋骨隆々で身体も線も似てる」

ヴァルゼスは、目の前のものを上から下までじっくりと見て考え込むも、首を捻ってしまう。

ゾーイが指でここら辺が似てるといくら説明しても、納得できないでいるようだった。

バロガロス帝国内、ロスト・ルーシャの遺跡内にある『獣を狩る男の像』の前に二人は並んで立っていた。

いわゆる、婚前旅行だ。

「俺に似ていると言うから期待してみれば……俺には何がどう自分と似ているか分からん」

「そうかなぁ？　こんなに似てるのに」

理解してもらえなくて、ゾーイは肩を落とした。ここに来たら絶対にヴァルゼスにこの像を見せて、似ていると証明したかったのに。

本の中で描かれる絵では分からない、本物が醸し出す躍動感とか肉体美をこの目で確かめてほしいとずっと思っていた。二人でこの遺跡に来て語り合うという淡い夢が、今叶ってゾーイは舞い上がっている。

「走るな。転ぶぞ」

ヴァルゼスにこんな小言を言われるほどに、心も身体もはしゃいでいた。

「ねぇ、知ってる？　この『獣を狩る男の像』の矢の鏃《やじり》がないって。風化して折れたんじゃなくて、初めから鏃はなかったんだって」

「それじゃあ、獣は狩れないな」

「そうなの！　だから、最近では彼は獣を狩っているんじゃなくて、別のものに焦点を合わせているんじゃないかって言われてるの。この男は実はチェシェット・ユールの三代目国王で、その最愛の人『マリエール』を狙っている様子を表しているんじゃないかって、研究結果が出てきてるんだよ。ほら、あそこ、矢の向かう先。今は保全のために移動してるけど、そこにマリエールだと言われている、『花を抱いた女性の像』があったの」

三代目国王は正妃がいながらもマリエールに恋心を持っていた。それは生涯潰《つい》えることのない愛情だったと言われている。けれども彼女を愛人にするわけでもなく、ただ側に置き続けた国王は、その権力を持って彼女を閉じ込め続けた。

「あぁ……じゃぁ、これは彼の『臆病で卑怯な恋』を表現したものか。そんな奴と俺が似ているって？　心外だな」

ヴァルゼスは皮肉を込めた笑みを口に浮かべ、不服だと暗に言う。

たしかにこの国王は一般的には『恋に臆病で卑怯者』というレッテルが貼られ、笑いものにされることも多いが、その実政治の手腕は素晴らしかったと言われている。賢王だと言う研究者もいる。それはひとえに、マリエールが彼の側で叱咤し励ましたからだと。

そして、そんなマリエールを正妃から守るために、賢王であろうとしたのではないかと。

「大切な人だから、守りたいから臆病になるんだよ。……分かるなぁ、その気持ち」

ゾーイが『獣を狩る男の像』を見上げ、遥か昔の実らなかった恋に思いを馳《は》せる。

誰かを愛するのは怖い。臆病になり辛くもなるけれど、それでも人が誰かを愛するのはそれ以上の幸せがその先にあると知っているからだ。

ゾーイもまた、それをヴァルゼスに教えてもらった。

「俺はお前を守ることに躊躇《ちゅうちょ》はしない。どんな苦難に遭ってもお前の隣にいるからな」

「……………うん。私も、もう迷わない」

だからもう、二度と離れはしないのだと彼の手をそっと握る。そして気合を入れるように力を込めた。

「よし！　そのためには、帰ったらまた花嫁修業を頑張る！」

オー！　と気合を入れるように握ったヴァルゼスの手も一緒に上げると、彼は屈託なく笑う。

「無理しすぎるなよ。お前は一度没頭し始めると、他が見えなくなる」

「多少の無茶は大目に見てよ。二人のためだもん」

ヴァルゼスが帰国してから三か月後、ゾーイもまた彼を追ってバロガロス帝国にやってきた。

その間、ゾーイを迎え入れる準備をヴァルゼスが整えてくれていたのだが、結婚に当たりデットリックが二人の前に再び立ちはだかったのだ。

『平民の娘が王家の一員になるんだ。もちろん、そのための勉強をやってしかるべきだよね』

と、ゾーイに花嫁修業を課して。

ヴァルゼスの妻になるということは、貴族の妻として社交界にデビューするということであり、淑女として恥ずかしくない振る舞いをする必要がある。だが、生まれてこの方淑女のマナーなどに一度も触れる機会がなかったゾーイは、それを一から叩き込む必要があった。

デットリックが用意してくれた家庭教師は驚くほどに厳しかったが、それでも持ち前の負けん気で悲鳴を上げながら頑張っていた。今回の旅行はその骨休めの意味も含まれていた。

だが、どれほど辛くても泣きそうになっても逃げだしたいとは思わない。ロスト・ルーシャの研究にかける時間は少なくなってしまったが、新たな経験を経て楽しみを得られたと前向きに捉えてもいる。

それにデットリックはヴァルゼスに内緒で耳打ちをしてきた。

『これは愛の試練だよ』と。

乗り越えて二人の愛をもっと確実なものにしてほしい。そのために一番腕が立って厳しい教師を見つけてきたのだと付け加えて。

そこまで言われてしまったらやるしかない。ヴァルゼスはそんなゾーイを心配して、何かと『無茶はするな』とか『ゆっくり経験を積んでいけばいい』と言ってはくれるが、そんな生温い気持ちでは生き抜けない。今のゾーイにはやる気しか満ち溢れていなかった。

「あ！　この花、この間キリアン陛下が贈ってくださった押し花と一緒だ」

ふと目を落とした先にあった紫色の小さな花に飛びついて、しゃがんで観察する。

キリアンと文通をしているゾーイの元に、時折手紙と一緒に押し花で作った栞が贈られてきて、それをよく愛用していた。この間も贈られてきた栞に似たような花が押されていたのを思い出す。たしかこの花はアネモネだ。

「キリアンは頑張っているようだな」

「うん。エレミレフさんと毎日衝突しながらも頑張っているみたい」

喧嘩というほどでもないが、以前よりキリアンが自分の意見を遠慮なく言うようになったせいもあるのだろう。互いの意見をぶつけ合って、より良い政治を目指してやっているようだ。

バロガロスにもその評判は届いてきていた。ガドナ国の小さな王は、閉鎖的だったかの国を開いてさらなる発展をもたらそうとしていると。

キリアンはもう誰にも囚われない、自分の信じる道を進んでいた。

「俺も負けていられないな」

口ではそう言いながらも、ヴァルゼスは嬉しそうなくすぐったそうな顔で笑っている。今は遠くにいるが、キリアンの活躍は嬉しくて仕方ないようだ。

「私も」

それはゾーイも同じで、自然と口元が緩んでいた。

温かな風が二人の間を駆け抜ける。

紫色のアネモネの花が、その未来を後押しするように静かに揺れていた。

あとがき

初めましての人もそうでない人もこんにちは。ちろりんです。

この度は『有能な軍人皇弟はカタブツ令嬢を甘く溺愛する』をお読みくださり、ありがとうございます。不屈の恋心を携えて乗り込んできた男と、研究熱心な頭《バカ》の固い女の恋愛模様はいかがでしたでしょうか？

今回、ヒロインは眼鏡女子でしたが、ここで浮上してきたのが濡れ場で眼鏡はどうする問題です。外すのか、それとも外さずに最後までつけたままなのか。それは眼鏡フェチにとっては頭を悩ませる問題でして、揺さぶられているうちに眼鏡がずれてきて……とか、最後に眼鏡にブッ……とかいろいろとシチュエーションが広がるなぁと思ったのですが、でも冷静に考えて普通に邪魔だなと思い、外させていただきました。今度眼鏡女子を書くときは眼鏡に活躍していただきたいです。眼鏡男子も好きです、はい。

イラストを担当してくださったDUO　BRAND．先生、本当に素敵なイラストをありがとうございます！　最初、キャララフを見せていただいたとき、ゾーイのマシュマロっパイが本当に柔らかそうで、「これは凄い！」とまじまじと観察しながら悦に入っていたのですが、物語の中では、普段はそのマシュマロっパイを服の下に隠しているため、泣く泣く胸が目立たないような服装にしていただきました。そしてできあがってきたイラストがまた素晴らしくて、パソコンの前のでついつい拝みました。ヴァルゼスの軍服に関しても、飾りボタンまでデザインしていただいて、本当にありがたかったです。

そして、いつも脇役が出しゃばってしまう私の暴走を止めてくださる編集担当者様、ありがとうございます！　今回は、セイディーンが暴走しました。あと、脇役ショタって書くの楽しいなって思いました。もっと登場人物のバリエーションを増やしていきたい。

さて、ここまでとりとめのないあとがきをお読みくださりありがとうございます。寒い冬がやってきましたが、皆様、ゾーイのように防寒具を着こむだけという無謀なことはせずに、文明の利器を活用していただき、存分に温かくしてくださいね。私も、ミニ湯たんぽお腹に仕込んで過ごしています。

それでは、またどこかでお会いできますように。

ありったけの感謝を込めて。

ちろりん